De Cock en het lijk op

De intrigerende titel van dit boek
dank ik aan de heer W. J. van Unen,
vertegenwoordiger van uitgeverij
De Fontein bv, die mij, nadat ik hem
in grote trekken dit verhaal had geschetst,
enthousiast toeriep: 'Het lijk op retour'.
En dat is het geworden, een spannende
geschiedenis rond de moord op een
call-girl...
De Cock en het lijk op retour.

A. C. Baantjer

De Cock
en het lijk op retour

Fontein Paperback

Eerste druk 1987
Achttiende druk 1999

ISBN 90 261 0274 7

Omslag: Studio Combo
Omslagfoto: Maran Olthoff

1

Ergens, heel ver weg, rinkelde een bel.
Rechercheur De Cock van het aloude politiebureau aan de Amsterdamse Warmoesstraat draaide zich onrustig in zijn slaap om. Vaag, wat gedempt drong het geluid tot hem door. Eerst na enkele minuten groeide in hem het besef, dat naast hem, op het nachtkastje, de telefoon ging.
Het proces van ontwaken ging te snel, te abrupt. Met een gevoel van onbehagen en wrevel greep hij de hoorn. 'Hier,' riep hij snauwerig, 'met De Cock.'
Goedemorgen,' sprak een vriendelijke mannenstem. 'Ik ben Victor Mauritz.'
'Wie?'
'Victor Mauritz van het VOLK, de Verenigde Omroep voor Luisteraars en Kijkers. Ik heb een radioprogramma.'
De Cock drukte zich overeind en plooide het hoofdkussen in zijn rug. Schuins blikte hij naar de wekker. Het was ruim kwart over zeven, stelde hij vast.
'Dat is fijn.'
'Wat?'
'Dat u een radioprogramma hebt. Misschien is dat een felicitatie waard, maar ik zie niet in waarom u mij daarvoor uit mijn slaap moet bellen.'
'Ik dacht,' sprak de stem spijtig, 'dat u allang was opgestaan.'
'Dat was ik niet. Ik ging pas om twee uur naar bed omdat een of andere grappenmaker had gemeld, dat hij een vrouw had vermoord.'
'En dat was niet zo.'
'Nee... althans, er was geen lijk. En zonder lijk, weet u, geen moord.'
Mevrouw De Cock werd wakker. Ze keek verstoord naar haar man en gebaarde naar de telefoon.
'De Warmoesstraat?'
De Cock schudde zijn hoofd.
'Ene Victor Mauritz van het VOLK. Hij zegt, dat hij een radioprogramma heeft.'
De stem door de telefoon kwam tussenbeide.
'Van 's morgens zeven tot negen. En in dat programma hebben we

een item, waarin mensen hun wens te kennen mogen geven met welke bekende Nederlander zij in contact willen komen.'
De Cock bromde.
'Ik heb in dit opzicht geen wensen.'
De man aan de telefoon slaakte een zucht.
'Sandra Verloop, een meisje uit Purmerend, wil met u in contact komen.'
'Met mij?'
'Ja, ze volgt al uw avonturen op de voet en vroeg of ze eens een dag met u op pad kon.'
'Als rechercheur?'
'Ja.'
'Wanneer moet dat gebeuren?'
'Dat ligt aan u... wanneer het u schikt. Ik zal u haar telefoonnummer geven, dan kunt u zelf een afspraak met haar maken.'
De Cock weifelde. Zijn vrouw stootte hem aan.
'Wat is er?'
De oude rechercheur hield de hoorn omhoog.
'Er is in Purmerend een meisje, dat een dagje met mij wil optrekken.' Hij schudde zijn hoofd. 'Dat kan ik niet doen. Ik krijg last met mijn commissaris. Bovendien is er een dienstorder, die dat verbiedt.'
'Neem haar morgen mee naar de studio.'
'Studio?'
'Je zou morgen toch meewerken aan een discussie-programma over de politie? Misschien vindt ze het wel aardig om daar bij te zijn.'
De Cock knikte traag.
De stem aan de telefoon was er weer.
'U doet het?'
De grijze speurder kauwde even op zijn onderlip.
'Ja... ja... het is goed. Geef haar telefoonnummer maar. Ik neem wel contact met haar op.'
'Bedankt voor uw medewerking.'
Met de nog toetende hoorn in zijn hand bleef De Cock zitten. Hij staarde een tijdje peinzend naar het heuveltje in bed waar hij zijn voeten wist. Daarna legde hij de hoorn op het toestel terug en keek naar zijn vrouw.
'Waarom heb ik 'ja' gezegd?' sprak hij bezorgd.
Mevrouw De Cock lachte. 'Niet tobben. Wie weet hoe aardig ze is.'

De oude rechercheur trok golvende rimpels in zijn voorhoofd. Ineens, met opgetrokken mondhoeken, grijnsde hij breed.
'Ik... een bekende Nederlander?'
Zijn stem beefde van ongeloof.

Schokkend, stotend, met de pook in de verkeerde versnelling, reed De Cock van de parkeerplaats achter de studio weg. Hij had, als grote uitzondering, van commissaris Buitendam toestemming gekregen om voor de rit naar Hilversum gebruik te maken van de oude politie-Volkswagen, waarmee hij en zijn trouwe assistent Vledder altijd op pad togen. Maar dan zat de oude speurder vrijwel nooit achter het stuur.
De Cock hield niet van autorijden. Het besturen van een gemotoriseerd voertuig was hem een gruwel. De enkele keren dat hij stuntelend als chauffeur optrad, klonken van alle mechanische onderdelen van de auto luide protesten en jammerde het chassis.
Toen hij de wagen redelijk op de weg had, blikte hij opzij. Een zoete glimlach dartelde om zijn lippen. Hij voelde zich getroffen en vereerd. Sandra Verloop, het meisje dat op een wat ongebruikelijke wijze contact met hem had gezocht, bleek een lieve, bijzonder aantrekkelijke jonge vrouw van, zo had hij even snel uitgerekend, achttien lentes, plus een volle zomer en een beetje herfst.
'Hoe vond je het in de studio?'
Sandra Verloop liet haar mooie ogen even glinsteren.
'Leuk, interessant en heel gezellig. Ik vond die Jan van den Bosch van de Evangelische Omroep best aardig. Trouwens, iedereen was aardig. Ook die andere politiemensen, die aan de discussie deelnamen.'
De Cock plukte aan zijn neus.
'Spijt, dat je aan die Victor Mauritz hebt gevraagd om met mij in contact te komen?'
Sandra Verloop schudde haar hoofd.
'Nee hoor, geen moment.'
Ze reden Hilversum uit. Het was plotseling aardedonker op de weg en De Cock ontdekte tot zijn schrik, dat hij had vergeten het licht van de wagen te ontsteken. Na enkele verkeerde knoppen te hebben beroerd, floepten de koplampen aan. Hij keek op het verlichte dashboardklokje. Het was een paar minuten over negen.
'Hoe laat moet je thuis zijn?'

Sandra Verloop trok haar schouders iets op.
'Mijn ouders gaan meest om elf uur al naar bed en ik wil niet, dat ze ter wille van mij opblijven.'
'Doen ze dat als je er nog niet bent?'
'Zeker. Ze zijn een beetje voorzichtig met me.'
De Cock lachte en in zijn hart groeide een stille sympathie voor het meisje, dat nu al vele uren met hem optrok. Voor hij met haar naar de studio in Hilversum reed, had hij haar eerst in het politiebureau aan de Warmoesstraat rondgeleid en haar daarna voorgesteld aan commissaris Buitendam, die zich ditmaal, heel ongewoon, van zijn beste zijde had laten zien.
Sandra Verloop draaide zich half naar hem toe.
'Bent u wel eens bang?'
'Wanneer?'
'Tijdens uw werk... als rechercheur.'
'Waarvoor... voor wie?'
'Moordenaars.'
De Cock grinnikte. 'Hoe zien die er uit?'
Sandra Verloop reageerde wat verschrikt.
'Weet u dat niet?'
De oude rechercheur schudde zijn hoofd.
'Geen flauw idee,' sprak hij vrolijk. 'En dat is misschien maar goed ook.'
'Dat begrijp ik niet.'
De Cock wuifde voor zich uit.
'Er was eens,' begon hij docerend, 'een psychiater en criminoloog... een Italiaan en hij heette Lombroso... Cesare Lombroso. Deze geleerde meende, dat mensen met een misdadig gedrag bepaalde uiterlijke kenmerken hadden... een laag voorhoofd, doorlopende wenkbrauwen... en dat soort dingen, waardoor men ze kon herkennen.'
'En?'
De Cock zuchtte.
'Zijn ideeën gelden nu als verouderd. En volgens mij had hij ook ongelijk. Mijn ervaring is, dat misdadigheid niet van iemands gezicht valt te lezen. Geloof me, lieve meid, er lopen uiterst beminnelijke moordenaars rond, die qua uiterlijk zo in de hemel kunnen worden opgenomen, compleet met het predikaat van engeltje eerste klasse.'

Sandra Verloop lachte vrijuit.
Na enkele seconden versomberde haar knap gezichtje. 'Toch is dat beangstigend.'
De Cock reageerde niet. Rechts, enkele honderden meters voor hen uit, stond op de vluchtstrook een auto en even daar voorbij zwaaide een man met beide armen. Zijn bewegingen, zijn expressies, etaleerden een lichte vorm van paniek.
De Cock minderde snelheid.
Sandra Verloop pakte hem ineens met beide armen aan zijn rechterarm vast.
'Niet doen... niet doen.' In haar stem trilde pure angst. 'Rij door.'
De Cock blikte opzij.
'Waarom?'
'Je weet nooit wat voor een man het is.'
De grijze speurder negeerde de opmerking. Een tiental meters voorbij de auto bracht De Cock de oude Volkswagen op de vluchtstrook tot stilstand en stapte uit.
Sandra Verloop volgde zijn voorbeeld.
Het was koud buiten de wagen. Een kille herfstwind rukte de bladeren van de bomen en joeg ze bolderend over de weg. De Cock trok de kraag van zijn regenjas wat omhoog en de zwaaiende man liep op hem toe. Zijn gang had iets van een sluipend roofdier. Hij glimlachte en toonde een opmerkelijk gaaf gebit.
'Gaat u naar Amsterdam?'
De Cock knikte.
'Althans in die richting.'
'Kan ik met u meerijden?'
De Cock keek langs hem heen naar de wagen.
'Heeft u pech?'
De man duimde over zijn rug.
'Ik ben bang, dat ik veel te hard heb gereden... dat ik mijn turbo heb opgeblazen. Het heeft geen zin om de Wegenwacht te waarschuwen. Die kan mij toch niet helpen. Ik zal mijn garage opdracht geven om de wagen morgen op te halen.' Hij grinnikte vreugdeloos. 'Het zal een fikse reparatie worden.'
De Cock keek naar hem op.
'Wat is een turbo?'
De man keek De Cock wat verward aan en antwoordde niet.
De oude rechercheur draaide zich om en liep voor de man uit. Hij

opende het portier van de Volkswagen en klapte de rugleuning terug. De man stapte achter in. Kort daarna schoof Sandra Verloop weer op haar stoel en trok het portier dicht. De Cock startte de motor en bracht de wagen weer in beweging.
Er viel een vreemd, bijna beangstigend stilzwijgen, dat kilometers lang duurde. De oude rechercheur blikte zo nu en dan in de achteruitkijkspiegel, maar kon in het donker de gelaatstrekken van de man niet goed onderscheiden. Toch, zo voelde hij, ging er een vreemde dreiging van de man uit.
Sandra Verloop keek strak en gespannen voor zich uit. Haar gezicht zag bleek.
Kort voor Amsterdam draaide De Cock zich enigszins om en keek over zijn rechterschouder de man in zijn gezicht. Hij schatte hem op achter in de vijftig. Zijn huid leek wat tanig, hij had ingevallen wangen. Het donkerblonde haar was lichtend grijs aan de slapen.
'Waar zal ik u afzetten?' vroeg hij vriendelijk.
De man gebaarde voor zich uit.
'Op de Middenweg, bij het Ajax-stadion. Daar is een tramhalte van lijn negen. Ik vind dan verder mijn weg wel.'
De Cock glimlachte beminnelijk.
'Ik wil u wel naar uw huis brengen.'
De man wuifde afwerend.
'Nee, nee, doet u geen moeite. Ik ben al blij met deze lift. Ik wil u beslist niet nog meer van uw ongetwijfeld kostbare tijd beroven.'
De Cock glimlachte opnieuw.
'Een kleine moeite. De avond is nog lang en we hebben de tijd. Nietwaar, Sandra?'
De jonge vrouw antwoordde niet.
Ze passeerden Diemen en reden vanaf de Hartveldseweg rechts de Middenweg op.
Bij het Ajax-stadion stopte De Cock en gaf de man gelegenheid om uit te stappen.
'Mijn aanbod geldt nog steeds.'
'Nee, nee. Mijn hartelijke dank.'
'Graag gedaan.'
De man boog en De Cock keek toe hoe hij met lenige tred naar de tramhalte beende. Eerst daarna stapte hij in.
Sandra Verloop staarde nog steeds voor zich uit. Haar handen trilden in haar schoot.

Ineens besefte De Cock hoe bleek het meisje was, hoe geschokt.
'Wat is er?' vroeg hij bezorgd.
Ze draaide zich naar hem toe.
'U had niet moeten stoppen,' sprak ze bestraffend. 'Dat zei ik u toch. Dat had u niet moeten doen.'
De Cock keek haar niet begrijpend aan.
'Wat is er dan?'
Sandra Verloop slikte.
'Er ligt een dode vrouw in die auto.'
'Welke auto?'
'Van die man.'
'Wat?'
Sandra Verloop knikte.
'U liep met die man vooruit. Ik keek om. Toen er een wagen voorbij kwam, gleed even het licht van de koplampen door het interieur. Toen zag ik haar... schuin weggezakt op de achterbank... met opengesperde ogen.'

2

Rechercheur De Cock keek Sandra Verloop geschrokken aan.
'Dat weet je zeker?' Het klonk wat bits.
De jonge vrouw knikte heftig. Haar gezicht stond ernstig.
'Ik heb in mijn leven nog nooit een dood mens gezien, maar die vrouw in de auto was dood. Absoluut, zonder twijfel.' Ze klapte met een vlakke hand op haar borst. 'Ik weet het zeker... hier van binnen.'
De Cock maakte een wanhopig gebaartje.
'Het was maar een flits.'
Sandra Verloop ademde diep.
'Dat weet ik. Het was maar een fractie van een seconde, dat het licht door die wagen schoof,' ze kneep haar lippen opeen en haar kin gleed iets vooruit. 'Het was voor mij voldoende. Die vrouw was dood, meneer De Cock, geloof me, ze was dood.'
De grijze speurder gaf gas en reed van het Ajax-stadion weg in de richting van de binnenstad.
Sandra Verloop keek hem van terzijde aan.
'Wat gaat u doen?'
In haar stem trilde opwinding.
'Die tram achterna.'
'U gaat hem arresteren?'
De Cock knikte traag.
'Als jouw waarnemingen juist zijn,' sprak hij ernstig. 'En daarvan ga ik uit... dan zal die man toch met een redelijke verklaring moeten komen. Het is een tikkeltje ongebruikelijk om met een dode vrouw in je wagen op een vluchtstrook te staan.'
Met een naar zijn gevoel veel te hoge snelheid, jakkerde De Cock de oude Volkswagen over de rijbaan van de Middenweg. Bij de kruising Linnaeusstraat/Wijttenbachstraat negeerde hij in een vlaag van doodsverachting het rode licht en passeerde de tram nog voor die het Tropenmuseum had bereikt.
De Cock zette de Volkswagen half op het trottoir en rende naar de tramhalte. Wat ruw duwde hij een paar mensen opzij en toen de tram stopte, stormde hij als eerste naar binnen. Gejaagd ging zijn blik tastend over de reizigers. Hij zag de man niet. Toch had hij de overtuiging, dat hij nog in de tram zat. Plotseling, op nog geen vijf

meter van hem vandaan, ontdekte hij hem. De man draaide zich half om en hun blikken kruisten zich. Er was een schrikreactie, even, een moment. Toen sprong de man uit de tram.
De Cock wurmde zich langs een paar banken. Toen ook hij de tram had verlaten, bedroeg de afstand tussen hem en de man al een tiental meters. Met lange soepele passen rende de man voor hem uit in de richting van de Mauritskade. De Cock draafde achter hem aan. Maar na een honderd meter gaf hij de achtervolging op. Met gebogen hoofd sjokte hij naar de wagen terug. Zwaar hijgend liet hij zich naast het meisje zakken.
'Hij is weg,' sprak hij timide.
Sandra Verloop reageerde strijdlustig.
'We kunnen toch met de wagen achter hem aan gaan?'
De Cock trok wat onwillig zijn schouders op.
'We kunnen het proberen,' sprak hij achteloos. 'Maar we hebben weinig kans. Als die man het Oosterpark binnenvlucht, dan kunnen we het wel vergeten. Ik ken dat buurtje. Ik heb er in mijn jonge jaren als agent dienst gedaan. Er zijn daar zoveel mogelijkheden om je schuil te houden.'
Hij startte de Volkswagen en reed rustig om het Tropenmuseum naar de Mauritskade. Het was er donker en van de man was niets meer te bekennen. De oude rechercheur reed naar de kant van de weg en stopte. Hij draaide zich naar het meisje.
'Zouden jouw ouders het erg vinden om vanavond wat langer op te blijven?'
Om haar lieve mond gleed een glimlach.
'Ze zullen er toch eens een keer aan moeten wennen.'
'Dat je wat later thuiskomt?'
'Precies.'
De Cock krabde zich wat verlegen achter in zijn nek.
'Ik wil terug.'
Haar gezicht betrok.
'Naar die wagen?'
De Cock knikte.
'We zullen moeten onderzoeken of die vrouw werkelijk dood is en of...'
Sandra Verloop onderbrak hem.
'Ze is dood,' reageerde ze fel.
De Cock stak afwerend zijn rechterhand op. 'Oké,' sprak hij kalm en

berustend, 'maar er zal toch onderzocht moeten worden hoe die vrouw om het leven is gekomen... of er misdrijf in het spel is.'
Sandra Verloop keek hem verrast aan.
'Natuurlijk is er misdrijf in het spel.' Het klonk bijna verontwaardigd.
De Cock trok zijn wenkbrauwen op.
'Hoezo... natuurlijk?'
Sandra Verloop gebaarde wat ongeduldig naar de voorruit.
'Die man... die man vlucht toch niet voor niets uit de tram. Toen hij u zag, moet hij hebben beseft dat wij iets hadden ontdekt.' Ze trommelde met haar vingers op het dashboard. 'Zal ik u eens wat vertellen?' sprak ze strak, gedecideerd.
'Nou?'
'Die vrouw is vermoord.'

Ze reden van de politiepost aan de Linaeusstraat weg. De Cock keek bezorgd opzij.
'Heb je je ouders gebeld?'
'Ja.'
'Wat zeiden ze?'
Sandra Verloop wipte haar rechterschouder iets op.
'Vader was met de gang van zaken niet erg tevreden. Hij mopperde en zei, dat het niet de bedoeling was, dat ik in een moordzaak werd verwikkeld.'
De Cock maakte een verontschuldigend gebaartje.
'Dat was ook mijn bedoeling niet.'
Sandra Verloop zuchtte.
'Vader vroeg ook hoe lang het nog kon duren. Ik ben bang, dat mijn ouders toch niet naar bed gaan voor dat ik veilig in Purmerend terug ben.'
'Dat begrijp ik. Als ik een dochter had zoals jij, dan zou ik mij ook niet gerust voelen.'
Ze wuifde achter zich.
'Kon u die agenten in de politiepost aan de Linaeusstraat niet de opdracht geven om te gaan kijken?'
De Cock schudde zijn hoofd.
'Dat is een competentiekwestie... een zaak van bevoegdheid. Die wagen staat ver buiten het grensgebied van Amsterdam. Ik had uiteraard de mensen van de Rijkspolitie kunnen waarschuwen, maar

ik vind het wat... eh, wat onelegant om hen te alarmeren voor dat ik zelf heb geconstateerd wat er is gebeurd.' Hij zweeg even en dacht na. 'En daarbij komt nog iets... als ik zelf waarnemingen heb gedaan, dan kan ik jou als hoogst belangrijke getuige wat naar de achtergrond schuiven. Dat bespaart jou in de toekomst veel narigheid als... eh, als er inderdaad sprake is van moord.'
Sandra Verloop reageerde geprikkeld.
'Twijfelt u... twijfelt u aan mij?'
De Cock gniffelde om haar reactie.
'Als ik aan jou twijfelde,' sprak hij geduldig, 'dan was ik toch niet achter die man aangerend... dan reden we nu toch niet terug?'
Ze glimlachte vertederd.
'Dat is lief, wat u zegt.'
De Cock knikte. Rond zijn mond met de grillige accolades, dartelde een zoete grijns. 'Ik ben lief,' sprak hij bijna onderdanig. 'Ik vraag mij alleen af waarom je mij niet onmiddellijk hebt gezegd, dat er een dode vrouw in die wagen lag.'
'Wanneer?'
'Toen je dat had gezien.'
'Waar die man bij was?'
'Ja.'
Het meisje grinnikte ongelovig.
'Meent u dat?'
De Cock liet even het stuur van de Volkswagen los en gebaarde met zijn beide handen. 'Dan hadden we alles in één keer kunnen afhandelen... kijken of de vrouw echt was vermoord... hoe... en de moordenaar ter plekke kunnen arresteren en afvoeren.'
Ze blikte met grote ogen naar hem op.
'Dat... eh, dat durfde ik niet. Waar die man bij was durfde ik niet te zeggen, dat er in zijn wagen een vermoorde vrouw lag. Ik heb doodsangsten uitgestaan. Toen hij bij ons achter in de wagen zat, voelde ik steeds zijn hete adem in mijn nek.'
De Cock grinnikte.
'Dat is verbeelding.'
Sandra Verloop schudde haar hoofd kort en heftig.
'Geen verbeelding,' riep ze geëmotioneerd. 'Absoluut niet. Die man zal aan mijn houding... aan mijn gedrag hebben bemerkt, dat ik iets had gezien... dat ik mijzelf niet was... dat ik in zijn bijzijn trilde van angst. Ik... eh, ik was er ook voortdurend op bedacht, dat hij zijn

handen wurgend om mijn hals zou slaan.'
De Cock gebaarde achteloos.
'Ik heb niets bijzonders aan die man gemerkt.'
'Het was een griezel.'
De Cock keek haar aan.
'Had je dat ook van hem gezegd als je geen dode vrouw in zijn wagen had gezien?'
Sandra Verloop antwoordde niet. Ineens zat ze rechtop. Stijf, verkrampt. Traag strekte ze haar rechterarm schuin links voor zich uit.
'Hij... eh, hij is weg.'
'Wie... wat?'
'Die auto.'

In zijn zo typische slentergang waggelde De Cock over de vluchtstrook. Ze hadden bij de afslag Naarden de snelweg verlaten en waren aan de andere zijde teruggekeerd. Met een zaklantaarn in zijn hand onderzocht de grijze speurder de berm, maar er waren geen aanwijzingen of sporen, die hem enige opheldering gaven over de verdwenen wagen. Hij vond splintertjes glas en een waar mozaïek aan bandprofielen, maar daarbij was niets, dat zijn oude rechercheheart in vervoering kon brengen.
Sandra Verloop trippelde op haar fraaie zwarte laarsjes achter hem aan. Belangstellend, nieuwsgierig. Haar lange donkere haren wapperden losjes in de herfstwind, die duidelijk aan hevigheid had toegenomen. Met de kracht van een orkaan plukte hij wild en begerig aan haar bollende pantalon en spijkerjack.
De Cock bleef staan, hij draaide zich om en keek haar aan. Hij stelde opnieuw vast hoe mooi, lief en aantrekkelijk ze was. Om zijn lippen gleed een glimlach. Bovendien bleef ze pinnig en vasthoudend over hetgeen ze had gezien. Dat beviel hem. Het was een zaak van karakter. Maar lang bleven zijn gedachten niet bij haar rusten. Het mysterie van de verdwenen wagen hield hem bezig. Langs zijn rechterbroekspijp wees hij naar beneden.
'Het was toch hier?'
In zijn stem trilde enige twijfel.
Sandra Verloop knikte nadrukkelijk.
'Hier was het.'
'We kunnen ons niet vergissen?'
Het meisje deed een stap terug.

'Hier stond die wagen,' sprak ze gedecideerd, 'en daar, iets verderop, had u onze oude Volkswagen neergezet. U liep met die nare man daar heen en ik keek nog even om. Op datzelfde moment kwam er vanuit die richting een auto aanrijden en het licht van de koplampen gleed door de wagen van die man.'
De Cock streek met de rug van zijn hand langs zijn mond.
'Toen zag jij die dode vrouw op de achterbank.'
Sandra Verloop knikte instemmend.
'Ik draaide mij verschrikt om en zag hoe u de rugleuning terug boog en die man bij ons liet instappen.'
De Cock ademde diep.
'En seconden later ging jij naast mij zitten en deed je mond niet open.'
Haar lief gezichtje betrok.
'Ik heb u al gezegd, dat ik bang was.' Ze trok haar hoofd in haar nek. 'Is dat zo onbegrijpelijk?'
De Cock schonk haar een beminnelijke glimlach.
'Nee, nee,' reageerde hij hoofdschuddend, 'en ik zal er ook niet meer over beginnen. Dat hoofdstuk sluiten we af. Maar al met al zitten we toch wel in een moeilijk parket.'
'Hoezo?'
'We hebben alleen jouw waarneming.'
Haar ogen vonkten.
'Is dat niet voldoende?'
De Cock maakte een grimas.
'Voor mij... voor mij wel, maar nu die wagen er niet meer is...' Hij maakte zijn zin niet af. Met grote snelheid naderde over de weg een politiewagen met zwaailicht. Knarsend kwam de wagen naast hen op de vluchtstrook tot stilstand en twee jonge politiemannen stapten uit.
De wachtmeesters keken wat verbaasd van De Cock naar Sandra en terug. Daarna liepen ze naar de Volkswagen, trokken de portieren open en keken naar binnen. Zichtbaar teleurgesteld smeten ze de deuren dicht en liepen op de grijze speurder toe.
'Wie bent u?' vroeg de oudste van de twee.
'Mijn naam is De Cock... met ceeooceekaa.' Hij wuifde naar het meisje naast hem. 'Dat is Sandra Verloop, een ... eh, een vriendin van mij.'
'Wat doet u beiden hier?'

'Wij strekken even onze benen. Daar... eh, daar hadden we behoefte aan.'
'Heeft u hier een wagen zien staan?'
Sandra Verloop deed een stap naar voren, maar De Cock trok haar aan haar spijkerjack terug.
'Wat voor een wagen?' vroeg hij belangstellend.
De jonge wachtmeester gebaarde wat weifelend.
'Een wagen met een lijk.'

3

Met zijn beide ellebogen steunend op zijn bureau keek Vledder zijn oudere collega ongelovig aan. 'Je... eh, je hebt niets gezegd?' stamelde hij onthutst.
'Nee, ik bedoel...'
Vledder onderbrak hem.
'Je hebt die twee wachtmeesters van de Rijkspolitie rustig laten vertrekken?'
De Cock knikte.
'Ik heb hen aangeraden om dat anonieme telefoontje, dat zij hadden ontvangen over een wagen op de vluchtstrook met daarin een dode vrouw, niet al te ernstig te nemen... meer op te vatten als een macabere grap.'
'En dat slikten ze?'
De Cock spreidde zijn beide handen.
'Ze moesten wel. Er was op die vluchtstrook toch geen wagen met een lijk.'
Vledder kneep zijn ogen even dicht.
'Die was er wel geweest.'
De Cock knikte.
'Inderdaad... die was er geweest... een lichtblauwe, ik dacht, metallic... Mercedes.'
'Type?'
De grijze speurder lachte.
'Weet ik veel,' riep hij jolig. 'Ik heb geen verstand van auto's. Het hele verschijnsel 'au-to-mo-biel' laat mij in wezen koud.'
Vledder keek hem bestraffend aan.
'We leven niet meer in de tijd van de postkoets en de trage trekschuit. De Cock... dit is de twintigste eeuw. Je kunt die auto niet negeren. Geen moment. Je hebt er mee te maken. Voortdurend.' Hij zweeg even en pakte een pen. 'Het kenteken?'
De Cock liet zijn hoofd iets zakken.
'Dat... eh, dat weet ik niet.'
De jonge rechercheur scheen te ploffen.
'Dat weet je niet?' riep hij ontzet. 'Dat is toch het eerste waar je als politieman naar kijkt.'
De Cock reageerde wat wrevelig.

'Ik voelde mij op dat moment geen politieman... in mijn hart niet. Ik was met dat meisje op weg naar haar huis en toen stond daar op de vluchtstrook een zwaaiende man, die vroeg om een lift. Hij zei iets over een opgeblazen turbo... een ernstig mankement, dat een wegenwacht niet zou kunnen verhelpen.'
'En dat nam je zonder meer aan?'
De Cock knikte.
'Wat is daar op tegen? Kon ik dat controleren? Ik weet niet eens wat een turbo is.'
Vledder gebaarde heftig.
'Maar in die wagen lag een lijk.'
De Cock trok zijn brede schouders iets op en bracht zijn beide handen met open handpalmen naar voren. 'Dat wist ik toen nog niet,' riep hij verontschuldigend. 'Ik heb geen lijk in die wagen gezien. Ik... eh, ik heb nauwelijks een blik op die wagen geworpen. Het valt mij achteraf nog mee, dat ik weet, dat het een lichtblauwe Mercedes was. Ik heb mij omgedraaid, ben die man voorgegaan naar onze Volkswagen en liet hem instappen.'
Vledder schudde afkeurend zijn hoofd.
'Doe wel en zie niet om.'
Het klonk spottend.
De Cock keek op.
'Dat is een kreet van mijn oude moeder,' reageerde hij verrast.
Vledder grijnsde breed.
'Zoiets vermoedde ik al.'
De Cock wreef nadenkend over zijn brede kin.
'De enige die wel omkeek, was Sandra.'
'Weet zij nog iets van het kenteken?'
De Cock schudde zijn hoofd.
'Op weg naar Purmerend hebben we daar over gesproken. Uiteraard. Maar ook Sandra had niet op het kenteken gelet. Ze was zo geschokt door de aanblik van die met open ogen starende dode vrouw, dat zij zich niet eens meer de kleur van de wagen herinnerde.'
'En de vrouw?'
'Wat bedoel je?'
'Wat wist Sandra zich nog van de vrouw te herinneren?'
De Cock schoof zijn onderlip vooruit.
'Ook niet veel. Ze schatte haar op vijfentwintig, dertig jaar. Maar

toen ik haar vroeg of het slachtoffer ook veertig kon zijn, bleef ze mij het antwoord schuldig.'
Vledder snoof.
'Een fijn stel... jullie twee... ontdekken een moord en laten de moordenaar en het lijk lopen.'
De Cock trok zijn gezicht strak.
'Lijken lopen niet... die worden gesleept of gereden... hetgeen één ding duidelijk maakt... er zijn bij deze affaire meer mensen betrokken dan alleen de moordenaar.' Hij hield zijn wijsvinger gebarend voor zijn neus. 'Zie je, die vent die lifte, de man, die later uit de tram vluchtte, kan mogelijk degene zijn geweest die dat anonieme telefoontje pleegde, waardoor de Rijkspolitie op drift kwam, maar hij kan nooit de man zijn geweest, die de wagen met het lijk liet verdwijnen. Daarvoor waren Sandra en ik te snel bij de vluchtstrook terug.'
Vledder trok een denkrimpel in zijn voorhoofd.
'Twee vragen... waarom dat telefoontje en waarom liet iemand die wagen met het lijk verdwijnen?'
De Cock glimlachte.
'Heel goed. Twee intelligente vragen. En de voorlopige conclusie... onenigheid.'
'Hoezo?'
'Wel, iemand wilde, dat de wagen met het lijk door de politie werd gevonden... en een ander blijkbaar niet.'
Het gezicht van de jonge rechercheur klaarde op. Er zweefde een zoete glimlach om zijn lippen. 'De Cock,' riep hij blij, 'je begint weer te denken... als vanouds.' Het klonk als een oprecht compliment. 'Maar ik begrijp nog steeds niet waarom je aan die twee wachtmeesters van de Rijkspolitie niet de volle waarheid hebt verteld... dat er inderdaad een wagen met een lijk was geweest.'
De Cock antwoordde niet direct. Zijn gezicht stond ernstig. 'Ik deed het,' sprak hij na een poosje, 'omwille van dat meisje... omwille van Sandra Verloop. Ik... eh, ik wilde haar beschermen.'
'Tegen wie?'
De grijze speurder staarde voor zich uit.
'De moordenaar.'

'Heb je de lijst van vermiste vrouwen?'
Vledder bracht een trieste grijns op zijn gezicht.
'Daar heb je niets aan.'

'Waarom niet?'
'Er staan bijna honderd namen op.'
De Cock grinnikte.
'Honderd?' riep hij ongelovig.
Vledder knikte. 'Het schijnt, dat steeds meer vrouwen de knellende band van het huwelijk ontvluchten en dan door hun vertwijfelde echtgenoot als vermist worden opgegeven.' Hij trok de lade van zijn bureau open en hield de lijst omhoog. 'Er zullen er al weer velen van terecht zijn en de meest recente vermissingen staan er nog niet eens op. Ik heb ook de laatste telexberichten doorgenomen, maar daar was niets bij.'
'En de lichtblauwe Mercedes?'
Vledder schudde zijn hoofd.
'Zonder het kenteken, of een flink deel daarvan, bereik je niets. Ik heb hier en daar nog wel wat navraag gedaan, maar de meeste politiekorpsen hebben wegens personeelstekort hun afdeling autodiefstallen opgeheven. Het is onbegonnen speurwerk; ook al omdat je geen type-aanduiding hebt.' Hij zweeg even en keek naar De Cock, die somber voor zich uit staarde. 'Ben je vanmorgen nog bij de Herkenningsdienst geweest?'
De grijze speurder knikte.
'Die jongens hebben echt hun best gedaan. Ik keek op het laatst bijna scheel van de foto's, die ik onder mijn neus geschoven kreeg... wat een fieselemieëen... maar mijn lifter was er niet bij.'
'Je kunt Sandra Verloop nog eens laten kijken.'
De Cock trok een bedenkelijk gezicht.
'Ik houd het meisje liever zoveel als doenlijk buiten ons onderzoek.'
'Waarom?'
'Ik voel mij verantwoordelijk voor haar veiligheid.'
Vledder trok zijn schouders op.
'Haar veiligheid loopt toch geen gevaar als ze bij ons aan het Hoofdbureau foto's bekijkt. Zij heeft die lifter ook gezien en misschien zijn haar waarnemingen nog wel scherper dan die van jou.'
'Die mogelijkheid sluit ik niet uit.'
'Nou dan.'
De Cock plukte aan het puntje van zijn neus.
'Zonder lijk geen moord... althans niet voor ons. Sandra Verloop is de enige die het lijk heeft gezien... die kan getuigen, dat er een lijk was. Zij vormt voor de moordenaar een groot gevaar.' Hij zweeg

even en veranderde van toon. 'Ik heb geen mogelijkheden en ook geen middelen om haar veiligheid te garanderen,' ging hij geëmotioneerd verder. 'Daarom... het enige wat ik kan doen om haar te beschermen is... haar zo lang mogelijk in de anonimiteit te houden.'
'En als ze er zelf ruchtbaarheid aan geeft?'
De Cock kneep zijn ogen even dicht.
'Ik heb haar op het hart gedrukt om vooral haar mond te houden... aan niemand te vertellen wat ze heeft gezien. Zelfs niet aan haar ouders.'
'En doet ze dat?'
De Cock maakte een wanhopig gebaartje.
'Ik heb haar proberen duidelijk te maken welke gevaren ze loopt... dat iemand, die eenmaal een moord heeft gepleegd ook voor een tweede moord niet terugdeinst.'
'Heeft de moordenaar mogelijkheden om haar te vinden?'
De Cock krabde zich wat verlegen achter in zijn nek.
'Als hij het kenteken van onze Volkswagen heeft opgenomen... onthouden... en hij kent de weg, dan komt hij erachter, dat hij een lift heeft gekregen van iemand van de politie.'
Vledder keek hem verbaasd aan.
'Dat weet hij niet?'
De Cock schudde zijn hoofd.
'Ik heb mij niet aan hem voorgesteld. Er heerste in de wagen vrijwel onmiddellijk een wat gespannen sfeer. Dat kwam door Sandra Verloop. De angst en de verbijstering straalden als het ware van haar af.'
'Jij gelooft haar?'
'Hoe bedoel je?'
'Dat ze inderdaad een lijk in die wagen zag?'
De Cock knikte traag.
'Sandra Verloop is een intelligent meisje. Ik heb haar gisteravond een paar maal getest, maar ze hield pinnig aan haar waarnemingen vast. Ik heb geen moment van twijfel kunnen constateren.'
Vledder zuchtte.
'Het is jammer,' sprak hij spijtig, 'dat ze zo bang voor die vent was, dat ze in zijn nabijheid niets durfde zeggen. Nu staan we voor een groot zwart gat. Waar moeten we ons onderzoek beginnen?' De jonge rechercheur keek naar De Cock op. 'Zeg het maar.'
De grijze speurder antwoordde niet. Hij kwam van achter zijn bureau overeind en begon door de grote recherchekamer te stappen.

Dat deed hij graag. In de cadans van zijn tred lieten zijn gedachten zich gemakkelijker ordenen. Innerlijk werd hij geplaagd door een vaag, onbestemd gevoel, dat hij zichzelf in de nesten had gewerkt, dat hij zelf verantwoordelijk was voor de bijna onmogelijke situatie waarin hij was verzeild. Het ingenieuze raderwerk van zijn denken draaide op volle toeren. Koortsachtig zocht zijn brein naar een uitweg... een uitweg, die er niet was... niet scheen te zijn.
Ineens, midden in het vertrek bleef hij staan. Een plotselinge gedachtenflits verdreef de sombere trekken van zijn gezicht. 'Hij... eh, hij droeg geen handschoenen... hij droeg geen handschoenen... hij droeg...'
Vledder kwam naast hem staan.
'Wie niet?'
De Cock gebaarde heftig.
'Die lifter op de vluchtstrook,' riep hij opgewonden, 'de man met die dode vrouw in zijn Mercedes... begrijp je, ergens op of nabij de achterbank van onze Volkswagen moeten zijn vingerafdrukken te vinden zijn.'
Vledder keek hem gespannen aan.
'Waar staat onze Volkswagen?'
'Achter het bureau op de steiger.'
'Heeft er vandaag al iemand mee gereden?'
De Cock schudde zijn hoofd.
'Ik ben vanmorgen met de tram naar de Herkenningsdienst aan het Hoofdbureau gegaan. Ik heb de wagen ook aan niemand uitgeleend.' Hij tastte naar zijn pantalon. 'Ik heb de sleuteltjes nog in mijn zak.'
Vledder liep van hem weg.
'Ik zal Ben Kreuger van de Dactyloscopische dienst vragen of hij onmiddellijk komt kwasten.'
De Cock knikte vaag. Zijn gedachten verwijlden bij het moment, dat hij de man liet instappen... een blote hand met op de rug een grillige tatoeage.
Nog voor Vledder de Dactyloscopische dienst kon bellen, rinkelde de telefoon. De jonge rechercheur nam de hoorn op en luisterde. De Cock liep op hem toe en zag hoe het gezicht van Vledder verbleekte. Er vergleden enkele seconden. Toen legde Vledder de hoorn op het toestel terug. De Cock keek zijn jonge collega vragend aan.
'Wat is er?'

Vledder slikte.
'Een lijk... van een vrouw... in een wagen.'
'Wat?'
De jonge rechercheur knikte.
'Op de parkeerplaats bij het Havengebouw.'

4

De Cock keek door het open achterportier van de wagen.
De vrouw lag er vreemd, verstard bij. In de dode, opengesperde ogen lag nog een blik van schrik, angst en verbijstering. Haar beide handen, leunend in haar schoot, waren in haar doodsstrijd met krommende vingers tot klauwen verkrampt.
De oude rechercheur boog zich iets naar haar toe. In de lange, opvallend slanke hals waren duidelijke strangulatie-plekken te onderscheiden. Toen hij de plekken nog wat nader bekeek, week hij terug voor een zwoele geur van parfum, die als een sluier om haar heen hing.
De grijze speurder schatte haar op voor in de dertig. Hoewel de dood haar een bijna angstaanjagende aanblik gaf, toonde haar ovaal gezicht regelmatige trekken. Haar kastanjebruine haren hingen fraai golvend tot op haar schouders. Ze was, zo bezag De Cock, van een profane schoonheid, wild, hartstochtelijk, met een brede sensuele mond, sterk aangezet in cerise-rood.
Vledder hijgde in zijn nek.
'Vermoord?'
De Cock knikte traag.
'Gewurgd... met de handen. Bekijk die rood-blauwe plekken in haar hals... de beide duimafdrukken zijn aan de voorzijde duidelijk te zien. Verderop... wat vager, zie je nagel- en vingerindrukken.'
'Is het hier gebeurd?'
'Hoe bedoel je?'
'Achter in de wagen?'
De Cock knikte opnieuw.
'Ik denk, dat de moordenaar aanvankelijk naast haar zat en daarna, mogelijk tijdens een tedere omhelzing, bruut heeft toegeslagen.'
'Toen de wagen hier al stond?'
De Cock maakte een weifelend gebaartje.
'Dat is niet te bezien. Het kan ook elders zijn gebeurd en dat de moordenaar na zijn gruwelijke daad de wagen met het lijk naar deze parkeerplaats heeft gereden.' Hij keek fronsend naar zijn jonge collega op. 'Is... eh, is dit een Mercedes?'
Vledder lachte.
'Nee, een Volvo, type 740 GL.'

De Cock maakte een schouderbeweging.
'Ik houd ze niet uit elkaar,' sprak hij knorrig. 'Volgens mij lijken al die wagens op elkaar.'
Vledder gniffelde.
'Laten de diverse autofabrikanten dat niet horen.' Hij wees wat achteloos naar de dode vrouw op de achterbank.
'Is zij een hoertje?'
De Cock trok zijn wenkbrauwen iets omhoog.
'Ik ken haar niet. Bij mijn weten heb ik haar nooit ontmoet. Ze lijkt mij zo op het oog geen walletjes-type... gezien haar opmaak, haar kleding... mogelijk een peperdure escort of call-girl.' Hij grinnikte ondeugend. 'Maar onze samenleving kent ook eerbare vrouwen die amoureuze ritjes maken.'
'Daar schat je het op... een liefdesaffaire?'
De oude rechercheur antwoordde niet. Hij draaide zich langzaam om naar een jeugdige agent, die op enige meters afstand stond, en duimde over zijn schouder. 'Heb jij haar ontdekt?'
De jonge agent stapte naderbij, duwde de mouw van zijn uniform iets terug en keek op zijn horloge.
'Een twintig minuten geleden.'
'Naar aanleiding van een melding?'
De jonge agent schudde zijn hoofd.
'Ik rijd nog wel eens over deze parkeerplaats bij het Havengebouw en noteer de kentekens van de wagens die hier langer dan een dag staan.'
'Waarom?'
De agent glimlachte.
'Dat zijn dan vaak wagens, die als gestolen staan geregistreerd.'
De Cock gebaarde achter zich.
'Deze?'
'Die stond hier gisteren nog niet.'
'Hoe laat was je hier gisteren?'
De jonge diender raadpleegde opnieuw zijn horloge.
'Ongeveer dezelfde tijd.'
'Is dit een gestolen wagen?'
'Dat heb ik nog niet gecontroleerd. Toen ik die dode vrouw in die geparkeerde wagen ontdekte, heb ik eerst u gebeld en daarna de mensen gewaarschuwd, die u bij de behandeling nodig hebt.'
De Cock schonk hem een glimlach.

'Dat is heel erg attent van je.' Hij zweeg even en blikte om zich heen. 'Dat achterportier... heb jij dat zo wijd opengetrokken?'
De agent maakte een verontschuldigend gebaartje.
'Ik moest toch kijken of ze echt dood was.'
De grijze speurder knikte begrijpend. Hij liep van de jonge agent weg en slenterde met uitgestoken hand en een blijde lach om zijn mond naar Dr. Den Koninghe, die vanaf een ambulancewagen naar hem toe kwam. Achter de kleine lijkschouwer torenden twee levensgrote broeders van de Geneeskundige Dienst met een brancard.
De Cock schudde Dr. Den Koninghe hartelijk de hand.
'Hoe gaat het?' vroeg hij belangstellend.
De kleine lijkschouwer bromde.
'Het is voor ons en onze dienst bijna niet meer om bij te benen,' riep hij wat opstandig. 'Deze stad wordt met de dag gewelddadiger. Moorden lijkt zo langzamerhand een Amsterdamse volksziekte.'
De Cock trok een grimas.
'U overdrijft.'
Dr. Den Koninghe bleef staan. Door zijn metalen brilletje keek hij schuins omhoog.
'Weet je hoeveel mensen hier dit jaar al op gewelddadige wijze om het leven zijn gekomen?' vroeg hij met een zweem van emotie. 'Zeven-en-zestig. En dat in een... mondiaal gezien... toch betrekkelijk kleine stad met niet meer dan enkele honderdduizenden zielen.' Licht bevend stak hij waarschuwend de wijsvinger van zijn rechterhand omhoog. 'En let op, brave vriend... dit moorddadig jaar is nog niet om. Wij hebben nog ruim anderhalve maand voor de boeg.'
De Cock greep met beide handen naar zijn hoofd.
'Ik geloof, dat het tijd wordt, dat ik met pensioen ga,' reageerde hij lachend. 'Ik ga mij anders nog schuldig voelen aan al die moorden.'
De lijkschouwer schudde zijn hoofd. Met zijn vlakke hand klapte hij De Cock vriendschappelijk op de borst. 'Het heeft aan jou niet gelegen,' sprak hij bemoedigend. 'Jij hebt je muts steeds goed opgehouden.'
De Cock keek hem niet begrijpend aan.
'Welke muts?'
Dr. Den Koninghe zwaaide.
'De muts van de tolerantie. Bij velen is die muts al lang over de ogen gezakt. Begrijp je... ze zijn door hun tolerantie stekeblind gewor-

den... blind voor al het kwaad, dat onze samenleving bedreigt.' Met een gebaar van ingehouden woede liep de lijkschouwer aan De Cock voorbij naar de wagen. Hij zette zijn linkerknie krakend op de achterbank en boog zich over de dode vrouw.
De Cock liep achter hem aan en keek scherp toe. Hij trok al een tiental jaren met de oude lijkschouwer op en kende zijn gewoonten. Toen Dr. Den Koninghe de opengesperde ogen van de dode wilde toedrukken, hield de grijze speurder zijn hand tegen. 'Ik wil haar zo... met open ogen... nog aan iemand laten zien,' sprak hij verklarend.
Dr. Den Koninghe trok zijn hand terug en stapte uit de wagen. Hij nam zijn ziekenfondsbrilletje af, plukte uit de borstzak van zijn ouderwets jacquet een witzijden pochet en poetste zijn glazen.
'Ze is dood,' sprak hij zonder op te zien.
Het klonk wat laconiek.
'Dat meenden wij al,' reageerde De Cock in stijl. 'Gewurgd?'
De lijkschouwer knikte.
'Door iemand met grote, zeer sterke handen. Een buitengewoon krachtige greep. De sectie zal uitwijzen, dat tijdens de wurging ettelijke kraakbeenringen van haar slokdarm zijn gebroken.'
'Hoelang is ze dood?'
Dr. Den Koninghe zette zijn brilletje op en plooide zijn zijden pochet weer in de borstzak van zijn jacquet.
'De lijkstijfheid is algemeen,' sprak hij wat krakerig. 'Ik schat zo een uur of tien, twaalf. Het kan ook nog langer zijn.'
De Cock knikte traag en begrijpend. Hij drong niet verder aan. De oude rechercheur wist, dat het geen zin had om de lijkschouwer een nader tijdstip te ontlokken. Ondanks al zijn kennis en ervaring kon hij niet exacter zijn.
Dr. Den Koninghe lichtte tot afscheid zijn oude, groen uitgeslagen Garibaldi en liep het parkeerterrein af.
De Cock keek hem bezorgd na. Hij had een zwak voor de altijd wat excentrieke lijkschouwer.
Bram van Wielingen en Ben Kreuger kwamen samen aanwandelen. Bram van Wielingen had duidelijk haast. Zoals altijd. Snel bracht hij zijn Hasselblad in stelling en flitste een paar maal in de dode ogen. Daarna liep hij op De Cock toe. 'Heb je nog bijzondere wensen?'
De Cock wees voor zich uit.
'De wagen... schiet nog een paar duidelijke plaatjes van die wagen,

dan behoef ik het merk en het kenteken niet meer te onthouden.'
'Moet je de prentjes vanavond nog hebben?'
De Cock schudde zijn hoofd.
'Dat mag ook morgen.'
Bram van Wielingen glimlachte. Hij boog zich iets naar hem toe. 'Mijn neef is geslaagd,' sprak hij vertrouwelijk. 'Hij geeft vanavond een knal van een fuif. En daar wil ik graag heen.'
De Cock keek hem wat spottend aan.
'Jouw leven hangt, geloof ik, van fuifjes en feestjes aan elkaar.'
De fotograaf knikte.
'Ik heb een grote familie. De Van Wielingens zijn erg vruchtbaar. En we hebben allen dezelfde familie-tic... een passie voor uitbundige fuiven en vrolijke feestjes.' Hij maakte rap nog een paar opnamen van de auto, borg zijn fotospullen in een aluminiumkoffer en wuifde joviaal. 'De Cock... morgen ben je de eerste.'
De oude rechercheur zwaaide terug, draaide zich om en liep naar Ben Kreuger, die op de bestuurdersplaats van de wagen doende was om de achteruitkijkspiegel in te kwasten.
'Heb je al wat?'
De dactyloscoop knikte.
'Een paar bruikbare greepjes op de portierstijlen.' Hij duimde over zijn rug naar de achterbank. 'Daar begin ik pas aan als je die dode juffrouw hebt laten weghalen. Ze kijkt anders zo op mijn vingers.'
De Cock onderdrukte een lach.
'Ik wil overigens, dat je ook van haar vingerafdrukken neemt. Ik heb nog geen flauw idee wie zij is.'
Ben Kreuger maakte een korte hoofdbeweging.
'Er ligt een klein laktasje achter haar voeten. Heb je dat nog niet gezien?'
De Cock schudde zijn hoofd.
'Zover heb ik nog niet gekeken.'
'Ik zal straks even onderzoeken of er vingerafdrukken op dat tasje staan. Dan kan jij het verder gebruiken. Misschien zit haar rijbewijs erin... of andere papieren met haar naam.'
De Cock keek hem wat schuins aan.
'Ik heb nog een klus voor je.'
'Buiten dit?'
'Ja.'
'Waar?'

'Aan de Kit. Gisteravond heb ik in onze Volkswagen een lift gegeven aan een man, van wie ik nu moet aannemen dat hij een moordenaar is.'
De dactyloscoop liet zijn dasharen kwast even rusten.
'En je hebt vergeten om naar zijn naam te vragen?' Het klonk cynisch.
De Cock schoof zijn dikke onderlip vooruit.
'Zo... eh, zo zou je het kunnen noemen.'
Ben Kreuger kwastte glimlachend verder.
'Ik ga straks wel even met je mee.'
De Cock gaf de dactyloscoop een dankbaar tikje op zijn schouder.
'Fijn.' Hij zweeg even. 'En... eh, voorlopig entre nous. Begrijp je... ik moet anders zoveel uitleggen.'
Ben Kreuger knikte met een ernstig gezicht.
'Ik begrijp je.'
De grijze speurder deed een stap terug en wenkte de beide broeders van de Geneeskundige Dienst. Ze kwamen met hun brancard naderbij. Een van hen trok aan de andere zijde van de wagen het achterportier open. Langzaam lieten ze de dode vrouw van de achterbank glijden, vingen haar op en legden haar voorzichtig op de brancard. Daarna drapeerden zij een laken over haar heen, sloegen het bruine canvas toe en sjorden de riemen vast. Zacht wiegend droegen ze haar naar de ambulancewagen.
Vledder kwam naast De Cock staan.
'Zal ik meegaan naar het sectielokaal... voor het opnemen van een uitgebreid signalement? We weten nog steeds niet wie zij is.'
De oude rechercheur schudde zijn hoofd.
'We gaan straks samen.'
Vledder fronste zijn wenkbrauwen.
'Samen?'
De Cock knikte.
'Met Sandra Verloop.' Hij wees naar de rode lichten van de wegrijdende ambulancewagen. 'Misschien is zij wel de vrouw, die Sandra gisterenavond in de wagen op de vluchtstrook zag.'
Vledder keek hem verward aan.
'Dat was in een Mercedes.'
De Cock reageerde wat kriegelig.
'Ik zei je toch... die wagens lijken allemaal op elkaar.'
Vledder stak zijn beide armen omhoog.

'Maar een Mercedes,' riep hij in wanhoop, 'of een Volvo... dat is een verschil van...' Verder kwam hij niet.
De jonge diender stormde in looppas op de beide rechercheurs toe. Zijn gezicht zag rood.
'Hij is gestolen,' riep hij opgewonden.
De Cock keek hem onderzoekend aan.
'Deze zwarte wagen?'
De jonge agent knikte.
'Gisteren.'
'Waar?'
'In Hilversum... vanaf een parkeerplaats achter de AVRO-studio.'

5

Ze reden met een matig gangetje door de IJtunnel, Vledder, aan het stuur, blikte opzij naar De Cock, die stil voor zich uitstaarde.
'Hadden we niet beter kunnen wachten tot Ben Kreuger met dat handtasje klaar was? Misschien kenden we dan de identiteit van het slachtoffer.'
De grijze speurder schudde zijn hoofd.
'Ik wil het niet te laat maken voor Sandra. Haar ouders hebben de goede gewoonte om vroeg naar bed te gaan.'
'Heeft Ben Kreuger nog iets gevonden?'
'Waar?'
'Hier achter, in onze Volkswagen.'
De Cock knikte vaag.
'Een paar redelijke afdrukken op de plastic bekleding van de rugleuning en verder nog een fragmentje van een handpalm op de zijruit.'
'Genoeg?'
De Cock plooide zijn lippen in een tuitje.
'Ben Kreuger dacht, dat hij wel voldoende had voor een classificatie. En dan maar afwachten of wij hem in ons bestand hebben.'
'Acht je die kans groot?'
'Eerlijk gezegd, niet. Die lifter leek mij geen man die wel eens iets met de politie van doen heeft gehad. Maar dat is zuiver gevoelsmatig. Ik heb Kreuger wel gevraagd om de vingerafdrukken uit onze Volkswagen zo snel mogelijk te vergelijken met de vingerafdrukken, die hij in de Volvo aantrof.'
Vledder fronste zijn wenkbrauwen.
'Dacht je,' vroeg hij voorzichtig, 'dat er een verband bestaat tussen die twee moorden.'
De Cock keek verrast op.
'Wie spreekt er al van twéé moorden? Ik houd nog steeds ernstig rekening met de mogelijkheid, dat de vrouw op de vluchtstrook langs de weg dezelfde is als de vrouw op het parkeerterrein bij het Havengebouw.'
'Waar baseer je dat op?'
'De waarnemingen van Sandra. Het beeld dat zij schetste van de dode vrouw die ze had gezien, komt overeen met hetgeen wij vanmiddag hebben aangetroffen.'

'Kan het?'
De Cock trok zijn schouders op.
'Ze is toch niet opgelost? De vrouw op de vluchtstrook moet toch ergens zijn gebleven?'
Vledder grinnikte.
'Ze zat in een Mercedes en we vinden haar terug in een Volvo. Als dat juist is, dan moet men toch uitgebreid met dat lijk hebben gezeuld.'
De Cock zuchtte diep.
'Sandra zal uitkomst moeten brengen. Alleen zij kan zeggen of het dezelfde vrouw is. Herkent Sandra haar niet, dan moeten we inderdaad rekening houden met een tweede moord.'
'Door één en dezelfde dader?'
De Cock zwaaide afwerend.
'Het is nog veel te vroeg om daar nu al iets zinnigs over te zeggen.'
Bij het Schouw sloegen ze linksaf en reden de Jaagweg op.
Vledder gebaarde voor zich uit.
'Ik kan deze weg zo langzamerhand wel dromen. Het lijkt alsof wij met onze onderzoeken steeds vaker in Purmerend terechtkomen.'*
De Cock gniffelde.
'Men noemt Purmerend niet voor niets de overloop van Amsterdam... hoewel ik volhoud, dat er alleen maar nette mensen wonen.'
'Dr. Jan van Aken... bij voorbeeld.'
'Precies.'
Ze reden een tijdje zwijgend voort. Even voorbij Ilpendam verbrak Vledder de stilte.
'Durf je het aan?'
'Wat?'
'Dat lijk aan jouw Sandra laten zien? Die dode juffrouw in de wagen bij het Havengebouw zag er niet zo prettig uit.'
De Cock klemde zijn lippen op elkaar.
'Die dode juffrouw op de vluchtstrook vermoedelijk ook niet.' Op zijn gezicht kwam een smartelijke trek. 'Maar wat moet ik,' riep hij fel, geëmotioneerd. 'Ik heb geen keus... geen andere mogelijkheid.' Hij zweeg even en gunde zich de tijd om zijn emoties wat te verwerken.
'Die arme meid zal nog eens de dag berouwen, dat ze aan die Victor

* De Cock... en het masker van de dood

Mauritz van de radio als wens te kennen gaf om met mij in contact te komen.'
Vledder grijnsde.
'Ik had haar direct al kunnen zeggen, dat het een stomme keus was.'
De Cock reageerde niet. Hij voelde weinig lust tot een zinloze discussie.
Vanaf de Gorslaan in Purmerend reden ze langs een monumentaal vliegtuig de Purmer in... een nieuwe wijk met vriendelijk ogende laagbouw. Vledder minderde snelheid, tot bijna stapvoets.
'Weet je nog waar het is?'
De Cock wees voor zich.
'Aan het einde van deze weg, links. Een woonerfje. Daar woont ze.'
'Zou ze thuis zijn?'
'Dat hoop ik. Ik wil Sandra de vrouw laten zien voor Dr. Rusteloos morgen aan het lijk gaat peuteren.'
'Dat begrijp ik.'
Vledder plaatste de oude Volkswagen op een parkeerstrook en de beide rechercheurs stapten uit. Langs een smal pad, geflankeerd door kleine voortuinen, stapten ze naar nummer 99. Er brandde licht en De Cock belde aan.
Het duurde even voor er werd opengedaan. Een man verscheen in de deuropening. Wat wantrouwend keek hij van De Cock naar Vledder en terug.
De oude rechercheur lichtte zijn hoedje.
'Mijn naam is De Cock,' sprak hij vriendelijk. 'De Cock met ceeooceekaa.' Hij wenkte opzij. 'En dat is mijn collega Vledder.'
De blik van de man verhelderde.
'Sandra was bij u.'
De Cock knikte.
'Een hele dag. En ik heb haar 's avonds weer netjes bij u voor de deur afgezet.'
De man schonk hem een flauwe glimlach.
'Vrij laat.'
De Cock maakte een verontschuldigend gebaartje.
'Dat... eh, dat was niet helemaal mijn schuld.' Hij krabde zich wat verlegen achter in de nek. 'Ik... eh, ik wilde Sandra opnieuw... nu voor korte tijd... ik schat een uur of twee... meenemen naar Amsterdam.'
De man slikte. Zijn adamsappel wipte op en neer.

'Dat gaat niet.'
De Cock keek hem onderzoekend aan.
'Waarom niet?'
De man trok een somber gezicht.
'We hebben u vanavond nog proberen te bereiken... op het bureau... maar u was er niet.'
Angst kroop De Cock naar zijn keel.
'Is... eh, is er wat gebeurd?' vroeg hij beverig.
De man slikte opnieuw.
'Mijn dochter... Sandra ligt in het ziekenhuis.'
'In het ziekenhuis?'
De man knikte traag. 'In Amsterdam.'
'Waarom?'
'Een man... een man heeft haar neergeslagen.'

De beide rechercheurs reden in een zware mineurstemming over de Jaagweg terug naar Amsterdam. Felle regenvlagen hadden zich plotseling met de herfststormen van de laatste dagen vermengd. De hemel zag angstaanjagend grauw met donkere jagende wolken voor een soms even doorbrekende volle maan.
Vledder zette de ruitewissers van de Volkswagen op de tweede stand. De Cock keek er geboeid naar en zag, dat ze het neergutsende regenwater nauwelijks konden verwerken. Om aan de hypnotische werking van het trage bewegingsritme te ontkomen, schoof hij na enkele seconden zijn vilten hoedje tot ver over zijn ogen en liet zich zuchtend onderuitzakken.
Vledder blikte opzij.
'Wat zou er precies zijn gebeurd?'
De oude rechercheur bromde van onder zijn hoedje.
'Je hoorde het toch van haar vader; een of andere vent heeft haar in Amsterdam op het Stationsplein neergeslagen.'
'Zomaar?'
De Cock trok wat onwillig zijn schouders op.
'Weet ik veel.' Er klonk ergernis in zijn stem. 'Amsterdam zit nu eenmaal vol gekken. Misschien was er wel iemand, die vond, dat zij een te knap smoeltje had.'
Vledder porde hem onzacht met zijn rechter elleboog tegen zijn schouder. 'Je liegt, De Cock,' riep hij fel. 'Je weet best dat het anders is.'

De oude speurder drukte zich omhoog en schoof zijn hoedje terug. Zijn gezicht zag rood. 'Wat weet ik meer,' riep hij kwaad. 'Wat weet ik meer dan jij? Een taxichauffeur heeft haar met zijn wagen vanaf het Stationsplein naar het Slotervaart Ziekenhuis gebracht. Daar heeft men haar onderzocht en achtte men een opname wenselijk. Toen heeft men vanuit het ziekenhuis haar vader in Purmerend ingelicht. En dat is het dan.'
Vledder staarde voor zich uit op de weg.
'En vader,' vulde hij smalend aan, 'reed geschrokken als een bezetene naar het ziekenhuis... vroeg wanhopig wat er was gebeurd... waarna dochter Sandra haar lippen stijf op elkaar hield.' Hij keek opzij. 'En weet je waarom?' riep hij snauwerig. 'Omdat jij dat in haar lieve hersentjes hebt geprent.'
Het klonk als een beschuldiging.
De Cock liet zich weer onderuitzakken. De beschuldigende woorden van zijn jonge collega deerden hem niet. Toch had het feit, dat Sandra Verloop door een man was neergeslagen en in een ziekenhuis was opgenomen, hem diep getroffen. Vanaf het moment, bij het AJAX-stadion, dat zij hem had verteld, dat zij in de wagen van de mysterieuze lifter het lijk van een vrouw had gezien, beheerste hem het beklemmende gevoel, dat Sandra gevaar liep... ernstig gevaar liep om het slachtoffer te worden van een nietsontziende moordenaar en dat hij, De Cock, onmachtig was om haar voldoende te beschermen.
Vledder naast hem snoof.
'En wat doen we nu?'
'Hoe bedoel je?'
'We kunnen haar nu het lijk van de vrouw in de Volvo niet laten zien.'
De Cock schudde zijn hoofd.
'Ik weet niet hoe ernstig wij de toestand van Sandra Verloop moeten inschatten. Laten we hopen, dat het meevalt en dat de medische staf van het Slotervaart Ziekenhuis ons morgen toestemming geeft om Sandra te bezoeken en te verhoren. We nemen dan de foto's mee, die Bram van Wielingen van het slachtoffer heeft gemaakt.' Hij spreidde zijn beide handen. 'Het is wettelijk misschien niet zo overtuigend, maar met een positieve foto-herkenning kunnen we toch ook verder.'

Ze reden Amsterdam binnen en Vledder parkeerde de Volkswagen op de houten steiger achter het politiebureau. De beide rechercheurs stapten uit en liepen via de Oudebrugsteeg naar de Warmoesstraat. Toen ze de hal van het bureau binnenstapten, wenkte Jan Kusters De Cock van achter de balie. De oude rechercheur slenterde naar hem toe.
'Wat is er?'
De wachtcommandant wees omhoog.
'Er zit boven een man op je te wachten.'
'Wat voor een man?'
Brigadier Kusters maakte een grimas.
'Hij heeft mij zijn naam niet genoemd en ik heb er niet naar gevraagd. Hij kwam hier een half uurtje geleden aan de balie. Hij vroeg naar jou... De Cock, en zei, dat hij je dringend moest spreken.'
De oude rechercheur knikte begrijpend en met Vledder in zijn kielzog klom hij de trappen op naar de tweede etage.
Op de bank bij de deur van de grote recherchekamer zat een man. Hij droeg een soort schipperspet met een geborduurde meanderrand en een korte stoffen klep. Toen hij de grijze speurder in het oog kreeg, nam hij haastig zijn pet af en liep op hem toe.
'Meneer De Cock?'
De oude rechercheur antwoordde niet direct. Koel, scherp observerend, nam hij de man in zich op. Hij schatte hem op achter in de veertig. Hij had donkerblond, reeds grijzend haar, een kort voorhoofd en een doorgroefd gelaat, waarin een paar kleine groene ogen hem helder en pienter aanblikten.
'Met... eh, met ceeooceekaa,' reageerde De Cock haast automatisch. 'Waarmee zou ik u van dienst kunnen zijn?'
De man plukte wat nerveus aan de rand van zijn colbert.
'Als het u gelegen komt... ik wilde graag een getuigenverklaring afleggen.'
De oude rechercheur keek op zijn horloge.
'Nu?'
'Ja.'
'Inzake?'
De man trok een ernstig gezicht.
'Een vrij zware mishandeling. Ik weet, dat er in Amsterdam tegenwoordig veel mag... daarvan zie ik dagelijks op straat voorbeelden genoeg... maar dit gaat mij toch even te ver.'

'Die mishandeling?'
De man knikte heftig.
'Zomaar... voor niks... een vrouw neerslaan...'
'Waar?'
De man wuifde wat vaag in de ruimte.
'Op het Stationsplein.'
De grijze speurder monsterde de kleding van de man. Ineens verhelderde zijn blik. 'U bent taxichauffeur,' riep hij blij, bijna vrolijk.
De man knikte.
'Janszen... met eszet... Simon Janszen.'
De Cock tikte de man met zijn wijsvinger op de borst.
'U bent de taxichauffeur, die het meisje vanaf het Stationsplein naar het Slotervaart Ziekenhuis heeft gebracht.'
'Dat weet u al?'
Het klonk wat timide.
De Cock knikte.
'We komen net terug uit Purmerend. We hebben met haar vader gesproken.'
Het gezicht van de man betrok.
'Ze... eh, ze vertelde mij, dat ze het niet aan haar vader zou vertellen... dat het niet kon.'
De Cock kneep zijn ogen half dicht.
'Wat niet?'
Simon Janszen reageerde wat verward.
'Het kan natuurlijk zijn, dat ik haar niet goed heb begrepen,' sprak hij bezorgd. 'Ze was door de klap nogal in de war. Maar volgens mij mocht haar vader niet weten, dat het die man was.'
De Cock fronste zijn wenkbrauwen.
'Haar vader mocht niet weten, dat ze door een man was neergeslagen?'
De taxichauffeur knikte nadrukkelijk.
'Precies. Ik heb begrepen, dat het beslist geheim moest blijven... een geheim tussen u en haar. Daarom vroeg ze tijdens de rit naar het ziekenhuis aan mij om het vooral aan niemand te zeggen... alleen aan u... rechercheur De Cock.'
'Wat?'
'Dat hij het was... hij... dan wist u genoeg.'

6

De Cock beet op zijn onderlip.
'Hij was het.' De grijze speurder herhaalde het voor zichzelf. 'Hij was het.'
De taxichauffeur knikte.
'Dat moest ik u zeggen.'
De Cock leidde de man door de grote recherchekamer naar de stoel naast zijn bureau.
'Hoe is het met haar?'
De taxichauffeur nam plaats en legde zijn pet op zijn knieën. 'Dat is moeilijk te zeggen,' sprak hij weifelend. 'Ze zei, dat ze zich wat duizelig voelde. Daarom bracht ik haar naar het Slotervaart Ziekenhuis. Ik vind, dat je met die dingen voorzichtig moet zijn... duizeligheid en zo. En het Slotervaart is een goed ziekenhuis. Mijn vrouw heeft er een paar weken gelegen, iets met haar rug en ik moet zeggen...'
De Cock onderbrak hem.
'U had toch kunnen wachten op de politie en de geneeskundige dienst?'
De taxichauffeur lachte smalend.
'De politie.' In zijn stem trilde pure minachting. 'Wanneer zie je hier in Amsterdam politie? En voor er dan nog eens een ambulancewagen komt...' Hij zweeg; maakte zijn zin niet af. 'Het leek mij in het belang van het meisje beter, dat ik haar zelf even wegbracht.'
De Cock knikte.
'U zei, dat u een getuigenverklaring wilde afleggen?'
'Inderdaad, zo'n man moet toch...'
'U heeft alles gezien?'
De taxichauffeur gebaarde wat onzeker.
'Nou... alles... dat durf ik niet te zeggen. Ik weet namelijk niet wat er daarvoor is gebeurd. Ik bedoel, de aanleiding... daar weet ik niets van... daar heeft het meisje mij ook niets over gezegd.'
'Ziet u, ik stond met mijn taxi op het Stationsplein aan de standplaats. Ineens zag ik hoe een vent op het meisje afliep en haar een harde klap tegen haar hoofd gaf. Het meisje greep met haar hand naar haar hoofd, wankelde even en viel toen tegen de straat. Ik was direct mijn taxi uit en rende naar haar toe.'

'Was die man er toen nog?'
De taxichauffeur knikte.
'Hij stond een beetje gebogen... over haar heen. Mijn eerste aandacht gold natuurlijk het meisje. Ik hielp haar voorzichtig weer op de been. Er was zo uiterlijk niets aan haar te zien. Ze draaide alleen wat met haar ogen en zei, dat ze zich wat duizelig voelde.'
'En die vent?'
'Die... eh, die was er niet meer.'
De Cock trok denkrimpels in zijn voorhoofd.
'Hoe? Was hij weggelopen?'
De taxichauffeur haalde zijn schouders op.
'Dat weet ik niet. Plotseling stonden er heel veel mensen om ons heen. Het is altijd druk op het Stationsplein. Vooral zo rond de klok van zes uur als de mensen van hun werk naar huis gaan.'
'Maar de man, die de klap had gegeven, stond niet meer tussen de omstanders?'
'Nee, hij was weg.'
De Cock boog zich iets naar hem toe.
'Hebt u hem goed gezien? Ik bedoel, zou u hem bij weerzien kunnen herkennen?'
Op het doorgroefd gelaat van de taxichauffeur kwam een pijnlijke trek. Langzaam schudde hij zijn hoofd.
'Ik ben bang, dat ik hem daarvoor toch niet goed genoeg in mij heb opgenomen.'
De Cock liet zich in zijn stoel terugvallen.
'Dat is jammer,' sprak hij spijtig. 'Zou u nog iets kunnen zeggen over zijn kleding... zijn leeftijd?'
De taxichauffeur reageerde verstrooid.
'Kent u hem niet?' In zijn stem vibreerde de verbazing. 'Ik heb de indruk van het meisje gekregen, dat zij en u de man wel kenden.'
De Cock glimlachte.
'Die indruk is juist,' sprak hij vriendelijk. 'Wij hebben die man eens ontmoet, maar wij weten beiden niet wie hij is. En om heel eerlijk te zijn... het is mij heel wat waard om zijn identiteit te kennen.'
De taxichauffeur verzonk in gepeins.
'Ik heb wel zijn hand gezien.'
De Cock keek verrast op.
'Zijn hand?'
De taxichauffeur knikte.

'Toen ik bij het meisje neerknielde, was zijn hand op een zeker moment heel dicht bij mijn gezicht. Ik heb die hand goed gezien. Op de rug van die hand was een tatoeage... een tatoeage in rood en blauw.'
De Cock keek hem gespannen aan.
'Wat stelde het voor?'
'Een klauw... een klauw met stokken.'

Toen de taxichauffeur was vertrokken, nam Vledder het proces-verbaal uit zijn schrijfmachine en hield het tussen duim en wijsvinger omhoog. 'Wat doen we met deze getuigenverklaring?'
De Cock keek hem niet begrijpend aan.
'Gewoon... afwikkelen... zoals gebruikelijk. Als we Sandra Verloop morgen in het ziekenhuis mogen verhoren, dan voegen we er van haar een aangifte van zware mishandeling bij en we hebben een wettelijke basis om de opsporing, aanhouding en voorgeleiding van onze onbekende dader te verzoeken.'
Vledder knorde.
'Is een lijk in zijn auto daarvoor niet genoeg?'
De Cock schudde zijn hoofd.
'We hebben nog steeds geen enkel aantoonbaar verband tussen het lijk in de Mercedes en het lijk in de Volvo. En zolang die Mercedes op de vluchtstrook niet meer is dan een soort spookwagen met daarin een nog spookachtiger lijk, waarvoor wij juridisch gezien alleen Sandra Verloop kunnen laten opdraven, zolang houd ik mij vast aan die... let wel... te bewijzen mishandeling.'
Op het gezicht van Vledder kwam een trieste trek.
'Heeft het zin om hem te signaleren... hem landelijk op de telex te zetten?'
De Cock streek over zijn stugge grijze haar.
'We hebben voldoende mogelijkheden om hem te identificeren... denk maar aan de fragmenten van vingerafdrukken in onze Volkswagen en... een klauw met stokken in blauw en rood op de rug van een van zijn handen.'
Vledder grinnikte.
'Wat zou dat kunnen betekenen?'
'Die klauw met stokken?'
'Ja.'
De Cock gebaarde hulpeloos.

'Geen flauw idee.' Toen zweeg hij en staarde peinzend in het niets. 'Ik herinner mij ineens, dat ik dezelfde tatoeage heb gezien.'
'Wat?'
De Cock knikte.
'Dat was op die vluchtstrook en wel op het moment, dat ik de rugleuning terugklapte en de man in onze Volkswagen liet stappen. Zijn hand... zijn linkerhand... rustte toen even op de kop van die rugleuning en ik zag op die hand, ruim boven de pols, een nogal grillige tatoeage. Ik dacht daarbij helemaal niet aan een klauw met stokken, maar aan... pijlen, een bundel pijlen, zoals onze leeuw in het wapen van Nederland die in een van zijn klauwen houdt.'
'Weet je dat zeker?'
De Cock reageerde wat geprikkeld.
'Nee, niet zeker. Het was geen bewuste waarneming. Het was maar een impressie... een impressie van een moment. Toen ik nadacht over een klauw met stokken, kwam dat beeld even terug.'
Vledder snoof.
'Je was die bewuste avond bepaald niet bij de les,' sprak hij hoofdschuddend. 'Vanaf het moment, dat jij met onze Volkswagen op de vluchtstrook stopte, heb je je gedragen als een vriendelijke, onnozele burger.'
De Cock keek vertoornd op.
'Wat is er zo fout,' riep hij kwaad, 'aan het gedrag van een vriendelijke, onnozele burger, die een man aan de kant van de weg even de helpende hand biedt... door hem een lift te geven?'
'Het was een moordenaar.'
De Cock reageerde niet.
'En dan is er nog iets vreemds,' sprak hij zacht, bijna timide. 'Onze oude Volkswagen stond die avond op dezelfde parkeerplaats.'
Vledder fronste zijn wenkbrauwen.
'Welke parkeerplaats?'
De Cock wuifde.
'Achter de AVRO-studio... de parkeerplaats vanwaar ook die Volvo werd ontvreemd.'
Vledder keek hem verward aan.
'Ik dacht, dat je die avond met Sandra Verloop bij de Evangelische Omroep was?'
De Cock knikte nadrukkelijk.
'Dat waren wij ook... bij Jan van den Bosch... maar de opnamen

voor dat discussie-programma werden die avond in de AVRO-studio gemaakt. Dat schijnt, zo heb ik begrepen, niet ongebruikelijk te zijn. Bij onze aankomst vond ik voor de Volkswagen nog een plaatsje op...' Ineens stokte hij, zweeg enkele seconden en strekte zijn hand in een wild gebaar naar Vledder. 'Bel onmiddellijk de politie in Hilversum en vraag of ze even op die parkeerplaats willen gaan kijken.'
'Waarnaar?'
'Een lichtblauwe metallic Mercedes.'

Ze zaten wat ongeduldig tegenover elkaar. Zwijgzaam. Gespannen. Vledder blikte naar de grote klok van de recherchekamer. Het was bijna elf uur en de minuten vergleden langzaam. Boven de hoofden van de rechercheurs zoemde een defecte TL-balk en buiten, in de Warmoesstraat, galmde een dronken sloeber een droevig lied over een verloren liefde. De jonge rechercheur krabde zich nerveus in zijn hals en blikte naar De Cock.
'Verwacht je, dat die Mercedes daar staat?'
De Cock knikte traag.
'Dat verwacht ik,' antwoordde hij strak.
'Waarom?'
De grijze speurder legde zijn beide onderarmen op het blad van zijn bureau en leunde iets naar voren. 'Dat verhaal van die opgeblazen turbo,' sprak hij rustig, 'was duidelijk een smoes... een leugen. Die wagen mankeerde mechanisch niets. De man, die ik... zoals jij dat noemde... vriendelijk en onnozel een lift gaf, wilde gewoon van die wagen en van dat lijk af. Maar iemand moet, vrij kort na ons vertrek, die wagen van de vluchtstrook hebben gereden. Snap je, voordat Sandra en ik en de anoniem gealarmeerde mensen van de Rijkspolitie ter plekke kwamen.' Hij leunde weer achterover en spreidde zijn handen. 'Naar het ''waarom'' kan men gissen, maar die iemand wilde blijkbaar niet, dat het lijk van de vrouw in die lichtblauwe Mercedes werd gevonden.'
'En?'
De Cock zuchtte.
'Die iemand zocht naar een oplossing.'
'Een oplossing?'
Het gebrek aan begrip bij zijn jonge collega ergerde De Cock een beetje. 'Hij of zij kon het lijk toch niet bij zich houden,' riep hij

geprikkeld. 'Hij of zij moest er toch ergens mee heen.'
Het duurde even. Toen klaarde het gezicht van Vledder op.
'Ik begrip het,' sprak hij opgelucht, 'die iemand reed de lichtblauwe Mercedes vanaf de vluchtstrook naar de parkeerplaats in Hilversum achter de AVRO-studio, brak daar een geparkeerde Volvo open, legde het lijk op de achterbank en reed daarmee naar de parkeerplaats in Amsterdam bij het Havengebouw.'
'Heel goed.'
Vledder zweeg en dacht na. 'Het blijft uiteraard een hypothese,' verweerde hij zich toen. 'Niet meer dan een blote veronderstelling.'
Nog voor De Cock kon antwoorden, rinkelde de telefoon.
De jonge rechercheur nam de hoorn op en luisterde. Hij legde even zijn hand op het spreekgedeelte. 'De politie in Hilversum.' Na een korte tijd legde hij de hoorn op het toestel terug en keek de grijze speurder aan. In zijn ogen glansde bewondering.
'Hij staat er.'
'De lichtblauwe Mercedes?'
Vledder knikte.
'Onafgesloten... naast de plaats, waar de ontvreemde Volvo heeft gestaan.'
De Cock glimlachte.
'En dat betekent?'
'Dat de dode vrouw die wij in de Volvo vonden en die nu in ons sectielokaal ligt, dezelfde vrouw is, die jouw Sandra in de lichtblauwe Mercedes heeft gezien.'
De Cock trok een zoete grijns.
'Soms... Dick Vledder... zijn er momenten, dat ik denk, dat je werkelijk over hersens beschikt.'

7

Het wolkendek dat de Amsterdamse binnenstad omhulde, hing laag en wikkelde de toppen van de eeuwenoude geveltjes in grijze wollen dekens.
Vanaf het Stationsplein, waar hij uit de tram was gestapt, slenterde De Cock langs het Victoriahotel naar het brede trottoir van het Damrak. Hij trok de kraag van zijn regenjas wat omhoog en drukte zijn vilten hoedje naar voren. Van onder de gebogen rand keek hij naar de sombere gezichten die aan hem voorbijgleden. Een trage, miezerige motregen scheen alle blijheid bij de mensen te hebben weggespoeld. Ook de schoongestraalde beurs van Berlage deelde in de malaise en toonde donkere plekken van regen doortrokken muren.
De grijze speurder verkeerde zelf in een puike stemming. Een korte, maar intensieve nachtrust, had zijn geest verkwikt. Even voor het naar bed gaan, had een telefoontje met een vriendelijke verpleegster hem geleerd, dat Sandra rustig in slaap was gesukkeld en dat er was te voorzien, dat ze spoedig, zonder enig blijvend letsel, het Slotervaart Ziekenhuis zou mogen verlaten. Die mededeling had veel zorgen en spanningen bij hem weggenomen. Bovendien gaf het vinden van de lichtblauwe metallic Mercedes op de parkeerplaats bij de AVRO-studio, zo meende hij, voldoende aanknopingspunten voor een nader onderzoek in de toch wel mysterieuze wurgmoord.
Bij de Oudebrugsteeg stak hij te abrupt de rijbaan van het Damrak over, huppelde vrolijk aan een aanstormende tram voorbij, liet ongewild een vrachtwagen schielijk stoppen en bereikte uiteindelijk heelhuids de overkant, waar hij een paar bekende nachthoertjes, op weg naar huis, uitbundig groette.
De Cock had er zin in. Hij sjokte blijmoedig naar zijn geliefde Warmoesstraat, stapte het politiebureau binnen en besteeg voor zijn leeftijd opmerkelijk kwiek de twee trappen naar de recherchekamer. Toen hij binnenstapte zag hij Vledder al ijverig achter zijn nieuwe elektrische schrijfmachine zitten. De vingers van de jonge rechercheur gleden razendsnel over de toetsen. Eerst toen De Cock tegenover hem in zijn stoel plofte, keek hij op.
'Je bent laat.'
De grijze speurder keek op zijn horloge.

'Het is pas half tien.'
Vledder bromde.
'Ik heb er al bijna twee uur op zitten.' Hij pakte zijn notitieblok en wierp dat over de schrijfmachine naar De Cock. 'Dat is-er.'
'Wie?'
'Die vermoorde vrouw.'
De oude rechercheur bekeek de aantekening.
'Mareille van Luxwoude,' las hij hardop. Hij schoof zijn onderlip iets vooruit. 'Een mooie naam.'
Vledder knikte.
'Ben Kreuger belde mij die naam vanmorgen door. Hij had gisteren-avond op het Hoofdbureau nog laat aan het tasje gewerkt. Er zaten brieven in en die heeft hij in de jodiumdampen gehangen*.'
'Die naam?'
'Stond op de enveloppen en er was een rijbewijs met die naam.'
'Verder?'
'Wat bedoel je?'
'Wat zat er verder in dat tasje?'
Vledder schoof zijn schrijfmachine opzij.
'Vijftienduizend gulden.'
De Cock reageerde verrast.
'Vijftienduizend gulden?' herhaalde hij ongelovig.
De jonge rechercheur knikte.
'Honderd bankbiljetten van honderd en vijf van duizend gulden.'
De Cock schudde zijn hoofd.
'Welke vrouw loopt er met vijftienduizend gulden in haar handtasje?'
Vledder grinnikte.
'Mareille van Luxwoude.'
Het klonk wat schamper.
'Wat waren het voor brieven, die Ben Kreuger heeft bewerkt? Van wie waren ze afkomstig?'
Vledder trok zijn schouders op.
'Dat weet ik niet. Daar heb ik ook niet naar gevraagd. Kreuger was nogal kortaf.'
'Wanneer krijgen we dat tasje?'
Vledder wuifde ongeduldig.

* Met jodiumdampen worden vingerafdrukken op papier zichtbaar gemaakt

'Zo gauw mogelijk. Dat heeft hij beloofd. Hij zou het handtasje van de vermoorde vrouw vanmorgen nog, compleet met de brieven en het geld, bij ons aan de Warmoesstraat laten bezorgen.' Hij zweeg even. 'Ben Kreuger had alvast een teleurstelling voor je.'
'En dat is?'
'De vingerafdrukken die hij in de Volvo heeft aangetroffen, zijn niet van jouw vreemde lifter.'
De Cock glimlachte.
'Dat verwachtte ik ook niet.'
Vledder reageerde verrast.
'Maar je hebt Ben Kreuger wel om een vergelijking van die vingerafdrukken gevraagd.'
'Dat was gisterenavond... nog kort na het vinden van het lijk. Je mag in ons werk uiteraard niets uitsluiten. Maar het zou niet in mijn theorie hebben gepast.'
'Welke theorie?'
De Cock gebaarde voor zich uit.
'Zoals uit het vinden van de lichtblauwe Mercedes al duidelijk blijkt... er zijn meerdere mensen bij deze moord betrokken... mensen met tegengestelde belangen. En misschien ligt hier onze kans.'
'Verraad?'
De Cock streek met zijn pink over de rug van zijn neus.
'Mogelijk. Het alarmeren van de Rijkspolitie, dat op de vluchtstrook een wagen met een lijk stond, was in feite al een vorm van verraad. De vraag is alleen wie... wie moest door het verraad worden getroffen? En wat is de rol van de verrader?' Hij maakte een wat wrevelige beweging. 'We weten nog niets van de achtergronden... van de motieven voor deze moord. We kunnen slechts van één ding overtuigd zijn.'
'Wel?'
'Het was geen roofmoord.'

Vledder wees naar de grote klok in de recherchekamer.
'Ben Kreuger heeft woord gehouden. Het is net tien uur.'
Hij nam het handtasje, keerde het om en stortte de inhoud over zijn bureau uit. De honderd bankbiljetten van *f* 100,– en de vijf van *f* 1000,– waren met een elastiekje samengebonden. Om het stapeltje brieven zat een roze lint. De Cock bracht het stapeltje naar zijn neus. Hij onderscheidde dezelfde zwoele parfumgeur, die in de

Volvo als een sluier om de vrouw hing. Omzichtig bekeek hij de achterzijde van de enveloppen. Er was geen afzender. Met een achteloos gebaar wierp hij het pakje brieven op het bureau terug.
'Je moet ze maar eens doorlezen. Ze zijn niet recent. Volgens mij draagt ze die brieven al jaren in haar handtasje bij zich. Kijk maar naar de hoeken van de enveloppen. Die zijn bijna doorgesleten.'
Vledder pakte een rood lederen mapje met een rijbewijs en bekeek de verdere inhoud. 'Ze heeft ook nog een auto op haar naam staan.'
'Wat voor een auto?'
Vledder lachte.
'Dat zegt je toch niets.'
'Ik bedoel, geen Mercedes of een Volvo.'
De jonge rechercheur schudde zijn hoofd.
'Het is een Italiaan... een Fiat Panda.'
De Cock ging weer in de stoel achter zijn bureau zitten.
'Welke gegevens heb je, alles bijeen?'
'Van de vrouw?'
'Ja.'
Vledder trok een lade van zijn bureau open en nam daaruit een map en sloeg die open. 'Mareille van Luxwoude,' las hij op een nieuwsdiensttoontje, 'oud 35 jaar, geen antecedenten... is nog nooit met de politie en/of justitie in aanraking geweest. Volgens de gegevens van de burgerlijke stand is ze in Haarlem geboren en ongehuwd. Blijkens ons telefoonboek is ze mode-ontwerpster van beroep en woont op het adres Brouwersgracht 112-118 in Amsterdam.'
De Cock fronste zijn wenkbrauwen.
'Brouwersgracht 112-118... dat zijn toch pakhuizen... pakhuizen van een handel in oliën en vetten?'
Vledder grijnsde.
'Je loopt achter. Die oude pakhuizen zijn omgetoverd tot riante appartementen.'
'Duur?'
Vledder gniffelde.
'Jij en ik kunnen er van ons salaris niet wonen.'
De Cock kneep zijn lippen samen.
'Mareille van Luxwoude blijkbaar wel.' Hij zweeg even en wreef zich nadenkend achter in zijn nek. 'Hoe laat is de gerechtelijke sectie?'
'Vanmiddag om half drie. Dr. Rusteloos kon niet eerder komen. Hij

had het druk. Nog een sectie in Den Bosch en een in Utrecht.'
'Ga jij er heen?'
Vledder glimlachte.
'Jij mag ook.'
De Cock schudde zijn hoofd.
'Ik heb in mijn lange rechercheleven al genoeg lijken zien openpeuteren,' sprak hij knorrig. Hij wees naar de inhoud van het handtasje op het bureau van Vledder. 'Zijn daar sleutels bij?'
De jonge rechercheur knikte.
'Een leren hangertje met een autosleutel en een ring met twee sleutels van een cilinderslot.'
'Geef mij die maar.'
'Van het cilinderslot?'
De Cock strekte zijn geopende hand naar hem uit.
'En heb je haar telefoonnummer?'
Vledder raadpleegde zijn map.
'Zeven-twee-acht-twee-twee-drie-één.'
De Cock borg de sleutels in zijn broekzak, schreef het nummer onder haar naam op de blocnote en greep de telefoon.
Vledder keek hem verwonderd aan.
'Ga je haar bellen?'
'Ja.'
'Ze ligt in ons mortuarium.'
Het klonk als een misplaatste grap.
De Cock drukte ongestoord het nummer in. Toen de bel driemaal was overgegaan, werd de hoorn opgenomen. 'Wie... eh, wie is daar?' vroeg een stem benepen.
De Cock verbrak de verbinding.
Vledder keek hem gespannen aan.
'Was er iemand?'
De oude rechercheur knikte met een ernstig gezicht.
'Een man.'

Vledder liet De Cock op de Brouwersgracht uitstappen en frommelde daarna de oude politie-Volkswagen op een benard parkeerplekje bij de Melkmeisjesbrug. Moeizaam wrong hij zijn lichaam door een halfopen portier naar buiten en sloot de wagen af.
Via de Herenmarkt met de achterzijde van het zeventiende-eeuwse gebouw van de voormalige West-Indische Compagnie slenterden ze

verder de gracht af, staken de rijbaan van de Binnen Brouwersstraat over en bleven staan voor een paar monumentale pakhuizen.
Vledder keek omhoog.
'Dit moet het zijn.'
De Cock knikte traag. Hij keek naar de brede groene toegangsdeur en monsterde het slot. Hij tastte in zijn broekzak en pakte de ring met de beide sleutels. Een van de sleutels bleek te passen.
Via de groene deur bereikten ze een hal met rechts aan de wand een lichtmetalen tableau met drukknoppen en rozetten van spreekgaatjes. De Cock liet zijn blik langs de namen glijden. Mareille van Luxwoude, zo leerde hem het tableau, had een appartement op de eerste etage.
De beide rechercheurs bestegen een brede trap naast het tableau. Boven aan die trap, op een ruim portaal met een palm in een verlichte nis, bleven ze staan. De Cock nam de tweede sleutel en liep op de toegangsdeur van het appartement toe.
Vledder stak afwerend zijn hand op.
'Dat kun je niet doen,' sprak hij gedempt. 'Daar is iemand binnen.'
De Cock reageerde onnozel.
'Dat weet ik niet.'
De jonge rechercheur snoof. Zijn neusvleugels trilden.
'Dat weet je wel,' siste hij van tussen zijn tanden. 'Je hebt toch gebeld?'
De grijze speurder negeerde de opmerking. Hij stak de sleutel in de gleuf en draaide het slot langzaam terug. Daarna duwde hij de deur van het appartement omzichtig open. Toen er geen reactie kwam, stapte hij naar binnen... kalm en behoedzaam, bedacht op gevaar.
Vledder liep hem na en sloot de deur achter zich.
De Cock snoof. Opnieuw kroop een zwoele zoete parfumgeur naar zijn neusgaten. De oude rechercheur trok een vies gezicht. De geur van het parfum stond hem tegen, wekte weerstanden in hem op. Hij vroeg zich wrevelig af wat voor een soort mannen een dergelijke weeë geur als aangenaam ondervonden.
Na een imposante hal met een fraaie garderobe kwamen ze in een ruim, hoog vertrek met uitzicht op de gracht. De wanden van de kamer waren uitgevoerd in steriel wit met op de vloer een hoogpolig Berber-tapijt, waarop hangmatten aan fragiele verchroomde poten.
Er was niemand.
Tussen de beide gebogen ramen stond een kleine ronde glazen tafel,

waarop een witte telefoon in een moderne vormgeving. Naast het toestel stond een lichtmetalen asbak, bijna geheel gevuld met sigarettepeuken. Sommige toonden lipstickvlekken in het cerise-rood van haar brede sensuele mond.
De Cock bedacht, dat hij vanaf het moment dat hij haar dode lichaam op de achterbank van de Volvo had ontdekt, geen moment van sympathie, medeleven of medelijden had gekend. De dood van de jonge vrouw trof hem niet, weekte niets bij hem los. Hij bleef gevoelloos... een gevoelloosheid, die hem verbaasde en irriteerde. Hij keek opzij naar Vledder. De jonge rechercheur voelde zich kennelijk niet op zijn gemak. Wat angstig boog hij zich naar De Cock.
'Er moet hier toch iemand zijn,' fluisterde hij benepen.
De grijze speurder knikte traag voor zich uit.
Plotseling kwam vanuit een zijdeur een man het vertrek binnen. Hij droeg een camelkleurige kamerjas en was op blote voeten. Toen hij de beide rechercheurs in het oog kreeg, bleef hij staan, geschokt, verstijfd, met halfopen mond.
De Cock nam de man scherp in zich op. Hij had een wat blozend, rond, bol gezicht met lichtblond, terugwijkend haar in een korte krullenpermanent. Zijn blauwe ogen lagen diep en op zijn lijf zat te veel vet.
De grijze speurder nam zijn hoedje af en maakte een lichte buiging. Daarna bracht hij een beminnelijke glimlach.
'Goedemorgen.'
De man slikte.
'Hoe... eh, hoe komt u binnen?'
De Cock hield de ring met sleutels omhoog.
'Hiermee.'
De man keek op.
'Dat... eh, dat zijn de sleutels van Mareille,' stamelde hij onthutst.
De Cock knikte. De beminnelijke glimlach gleed van zijn gezicht.
'Gevonden... in haar tasje.'
De man deed een stap naar voren.
'Wat is er met Mareille?'
In zijn stem trilde angst.
De Cock keek hem aan, strak, onbewogen.
'Mareille is dood.'

8

Het duurde enige tijd voor dat de man zichzelf had hervonden. Het blozende was uit zijn gezicht weggetrokken. Hij zag asgrauw. Langzaam liet hij zich in een van de hangmatten zakken.
'Dood?' herhaalde hij toonloos. 'Mareille dood?' Hij scheen het nog niet te vatten.
De Cock beluisterde een accent.
'Wie bent u?'
De man keek naar hem op.
'George... George Brisbane.'
'Engelsman?'
De man knikte traag.
'Van geboorte en nationaliteit. Maar ik verblijf al meer dan vijftien jaar in Amsterdam.'
'Met een verblijfsvergunning?'
'Zeker.'
De Cock wuifde om zich heen.
'U woont hier met Mareille?'
'Ja.'
'Hoelang?'
George Brisbane verschoof iets in zijn hangmat. Zijn blote voeten schoven over het tapijt en langs zijn bolle wangen danste een zenuwtrek. 'Dat is... eh, dat is twee... tweeëneenhalf jaar, bijna.'
'Wat bent u van beroep?'
George Brisbane antwoordde niet.
De Cock schoof een van de hangmatten dichterbij en ging tegenover de man zitten. 'Wat bent u van beroep?' herhaalde hij wat dwingender.
George Brisbane ademde diep.
'Makelaar.'
De grijze speurder hield zijn hoofd iets schuin.
'Waarin?'
Opnieuw danste er een zenuwtrek over de wangen van de man. Het was een neurotische tic, waarbij zijn mond een moment strak trok. De oude rechercheur ervoer het als onsympathiek, bijna afstotend. Hij boog zich iets naar hem toe.
'Waarin bent u makelaar?' drong hij aan.

'Relaties.'
De Cock plukte aan het puntje van zijn neus.
'Men kan bij u, naar behoefte, een min of meer aantrekkelijke vrouw bestellen?'
Het klonk wat sarcastisch.
George Brisbane maakte een vaag gebaartje.
'Ik breng mensen nader tot elkaar.'
De Cock glimlachte smalend.
'Ik... eh, ik denk,' redigeerde hij voorzichtig, 'dat het-nader-tot-elkaar-brengen van mensen in de Nederlandse taal toch een andere gevoelswaarde heeft, dan de zaken waarmee u zich, naar mijn mening, bezighoudt.'
George Brisbane trok zijn schouders iets op. 'Het Nederlands blijft voor mij een moeilijke taal,' reageerde hij verontschuldigend.
De grijze speurder negeerde de opmerking. Hij keek de man voor zich strak aan. 'Behoorde Mareille van Luxwoude tot uw... eh, uw aanbiedingen?'
Het gezicht van George Brisbane verstarde.
'Mareille,' antwoordde hij fel, 'was geen ondergeschikte. Zij was niet bij mij in loondienst... of zoiets. Wij werkten samen als compagnons. Alleen als er sprake was van een... eh, een bijzondere relatie, dan handelde Mareille de affaire zelf af.'
De Cock wuifde voor zich uit.
'Wat is een bij-zon-de-re relatie?'
'Belangrijke mensen... mensen met veel invloed... of mensen met veel geld.' Om zijn mond gleed een glimlach. 'In vele gevallen gaat dat samen.' Hij zweeg even en kneep zijn ogen half dicht. Het leek alsof het blauw nog dieper in het bolle gezicht wegzonk. 'Hoe stierf Mareille?'
De Cock keek naar hem op.
'Ze is gewurgd.'
'Gewurgd?'
De grijze speurder knikte nauwelijks merkbaar.
'Met de handen.'
'Kent u de moordenaar al?'
'Nee.'
George Brisbane likte aan zijn droge lippen.
'Ik... ik ken hem. Ik weet wie hiervoor verantwoordelijk is... wie het heeft gedaan.'

De Cock keek hem fronsend aan.
'U kent hem?'
George Brisbane knikte.
'André... André Grubbenvorst.'

Vledder reed van de Brouwersgracht weg en keek op zijn horloge. 'Het is al bijna twee uur,' sprak hij gehaast. 'Ik rijd nu direct door naar het sectielokaal, anders ben ik te laat. Jij kunt daar het stuur van mij overnemen. Dan vraag ik aan Dr. Rusteloos of hij mij na afloop een lift geeft.'
De Cock knikte vaag. Zijn gedachten verwijlden nog bij het gesprek met George Brisbane. Er was iets aan de man, dat hem niet beviel. Het bezorgde hem een knagend gevoel van onbehagen. Hij blikte opzij naar Vledder.
'Heb jij wel eens van André Grubbenvorst gehoord?'
De jonge rechercheur schudde zijn hoofd.
'Maar ik ken in ons landje niet alle mensen met invloed en geld.'
De Cock glimlachte flauwtjes.
'Het vreemde van die George Brisbane vond ik, dat hij ons wel losjes uit de mouw een moordenaar tovert, maar over de mogelijke motieven nauwelijks iets zinnigs weet te vertellen.'
Vledder maakte een grimas.
'André Grubbenvorst,' sprak hij achteloos, 'was haar laatste bijzondere relatie.'
'En?'
'Daarin kan toch een motief zijn gegroeid?'
De Cock bromde.
'Als elke relatie tussen een cliënt en een escort of call-girl in moord zou eindigen, dan...'
Vledder onderbrak hem.
'Maar het kan toch?'
De Cock knikte traag.
'Zeker, het kan,' beaamde hij bedachtzaam. 'En we mogen het ook niet uitsluiten. Maar hoeveel affaires zou Mareille van Luxwoude de laatste jaren hebben afgewikkeld? Ik bedoel; het motief voor haar dood behoeft niet in haar laatste relatie te liggen.'
Vledder schudde bedroefd zijn hoofd.
'Wij zitten weer eens met een fraaie moord,' verzuchtte hij. 'Het slachtoffer is geen lief, braaf vrouwtje met een beperkte vrienden- en

kennissenkring, maar een veredeld soort hoertje met tientallen... vermoedelijk meest anonieme relaties. Zoek het maar uit.' Hij blikte opzij naar De Cock. 'Wat doen we met die André Grubbenvorst?'
De grijze speurder wreef over zijn kin.
'Eerst eens wat inlichtingen over hem inwinnen. Dan gaan we bij hem op bezoek.'
De jonge rechercheur snoof.
'En dan? Zeggen we... er is in Amsterdam op de Brouwersgracht ene George Brisbane en die beweert, dat u Mareille van Luxwoude hebt omgebracht?'
De Cock grijnsde.
'Desnoods.'
Vledder reageerde fel.
'We hebben toch niets. We hebben zelfs geen enkel bewijs, dat er werkelijk een relatie tussen hem en Mareille van Luxwoude heeft bestaan.'
'George Brisbane zegt dat toch?'
De jonge rechercheur grinnikte vreugdeloos.
'George Brisbane.' In zijn stem trilde verachting. 'Compagnon... compagnon van Mareille van Luxwoude in Escort Ltd... hij vroeg niet eens naar het geld.'
'Welk geld?'
'Die vijftienduizend gulden in haar handtasje.'
De Cock keek schuin naar hem op.
'Weet je, Dick Vledder,' sprak hij bewonderend, 'dat is een hele goede opmerking.'

'Wat zei Dr. Rusteloos?'
Vledder liet zich in zijn stoel achter zijn bureau zakken. Hij zag er wat vermoeid uit. 'Niet veel,' antwoordde hij loom. 'De goede man wordt alleen met de dag dover. Je moet letterlijk in zijn oor toeteren om je verstaanbaar te maken.' Hij trok zijn notitieboekje uit de binnenzak van zijn colbert en smeet dat voor zich neer. 'Dr. Den Koninghe had gelijk; er waren in het strottehoofd heel veel kraakbeenringetjes gebroken. Ook Dr. Rusteloos sprak van een krachtige greep.'
'Verdere bijzonderheden?'
De jonge rechercheur schudde zijn hoofd. Hij draaide zich half om en wees naar een plastic zak in een hoek van de recherchekamer. 'Ik

heb de fraaie kleren van Mareille meegenomen. Ik zal George Brisbane bellen, dat hij ze kan ophalen.' Hij grijnsde. 'Ze zullen bij Escort Ltd. wel als investering zijn geboekt.'
De Cock keek naar hem op.
'Wat doe je cynisch?'
'Dat moet jij mij verwijten,' antwoordde Vledder verongelijkt. 'Ik vond dat de manier, waarop jij die George Brisbane duidelijk maakte, dat zijn vriendin en compagnon om het leven was gekomen, ook bepaald niet van cynisme was ontbloot. Ik heb het jou nog nooit zo tactloos zien doen.'
De Cock stond van zijn stoel op en slenterde naar de kapstok. Vledder kwam hem na.
'Waar ga je heen?'
De grijze speurder keek even om.
'Ik geloof,' sprak hij somber, 'dat het voor ons beiden tijd wordt voor een cognackie.'

Lowietje, wegens zijn geringe borstomvang in de rosse buurt van Amsterdam beter bekend als Smalle Lowietje, was al vele lange jaren een vriend van De Cock. Weliswaar... omstreden. Want hoewel er op een brede basis van wederzijds respect zelfs sprake was van een diepe genegenheid, bleef er tussen beiden toch een barrière, een mistige sluier van achterdochtige waakzaamheid. Tenslotte was De Cock, met alle gevoelens van vriendschap die hij voor de tengere caféhouder koesterde, een rechercheur van politie, een gezagsdrager, een man van de wet. En Lowietje bleef wat hij was... een puur kind van de penoze.
De Smalle streek met zijn kleine handjes langs zijn morsig vest en begroette de beide rechercheurs uitbundig.
'Hetzelfde recept?'
Zonder op antwoord te wachten, dook hij aalglad onder de tapkast en kwam luttele seconden later weer te voorschijn met een fles fijne Franse cognac Napoléon, die hij speciaal voor de grijze speurder hield gereserveerd.
In een reeks routine-gebaren vatte hij achter zich drie fraai geslepen diepbolle glazen en schonk zacht klokkend in. Het derde glas was voor hemzelf. Uit traditie dronk hij altijd een glaasje mee.
De Cock keek geboeid toe. Wanneer zijn werk als rechercheur het even toeliet, vertoefde hij graag in het schemerig intieme lokaaltje,

dat door Smalle Lowietje steevast vol trots als zijn 'etablissement' werd betiteld en genoot van het ceremonieel, waarmee de tengere caféhouder de voortreffelijke cognac presenteerde.
Smalle Lowietje bracht een toost uit.
'Op de misdaad,' schertste hij.
De oude rechercheur schonk hem een flauwe glimlach. Hij nam zijn glas op en warmde het in de kom van zijn hand.
'De misdaad,' herhaalde hij peinzend. 'Ik denk, dat ik mijn memoires ga schrijven.'
De caféhouder keek hem glunderend aan.
'Doe je dat... als je gepensioneerd bent?'
'Vast.'
'En kom ik daar dan in voor?'
De Cock krulde zijn mondhoeken.
'Aan jou, Lowie,' sprak hij warm, 'wijd ik een apart hoofdstuk.'
Smalle Lowietje reageerde uitbundig.
'Moet je doen,' riep hij blij. 'Ik heb gehoord, dat een vroegere commissaris van jullie, van de narcotica, ook een boek heeft geschreven.'
De Cock knikte.
'Gerard Toorenaar.'
'Precies, die bedoel ik. En van Schele Riek, je weet wel, die hier vroeger op de Voorburgwal heeft gezeten, komt binnenkort ook een boek uit.'
De Cock keek lachend naar hem op.
'En wanneer volg jij?'
De tengere caféhouder spreidde zijn beide handjes.
'Ik schrijf net als een dokter... ik kan niet eens mijn eigen recepten lezen.'
De grijze speurder grinnikte. Hij pakte zijn glas en nam nog een slok van zijn cognac. 'Zegt jou de naam George Brisbane iets?' vroeg hij na een kleine pauze.
'De Engelsman?'
'Ken je hem?'
Smalle Lowietje trok zijn schouders iets op.
'Wat heet ''kennen''? Ik heb hem bij mijn weten nog nooit in levenden lijve ontmoet. Maar soms hoor je nog wel eens wat.'
'Zoals?'
De caféhouder gebaarde wat vaag.

'Hij pooiert zo'n beetje... zit in de business. Ze noemen het wel ''escort'', maar het is gewoon business. Net als hier op de wallen. Hij heeft een knap niese* aan de hand, die het voor hem verdient.'
'Ken je dat niese?'
Smalle Lowietje schudde zijn hoofd.
'Die luitjes laten zich hier in de buurt nooit zien. Ik heb alleen gehoord, dat ze van goede komaf is... puike opleiding... spreekt haar talen.' Hij monsterde het gezicht van De Cock.
'Is er wat met haar?'
De grijze speurder zette zijn glas neer.
'Ze werd vermoord.'
'Dat niese van George Brisbane?'
'Ja.'
'Alweer?'
De Cock kneep zijn ogen half dicht.
'Alweer?' herhaalde hij geschokt.
Smalle Lowietje knikte nadrukkelijk.
'Dat is dan zijn tweede.'

* Bargoens voor meisje, jonge vrouw

9

'Klopt het?'
Vledder wees met een strak gezicht naar zijn aantekeningen. 'Smalle Lowietje had gelijk,' sprak hij somber. 'Wij hebben nooit iets met die zaak van doen gehad, maar ik herinner mij er toch wel iets van. Drie jaar geleden werd op een breed bospad, ergens tussen Baarn en Hilversum, het lijk van een jonge vrouw aangetroffen. Ze lag op de achterbank van een auto.'
'Gewurgd?'
Vledder knikte.
'Die auto bleek een dag daarvoor in Hilversum te zijn gestolen. Men had aanvankelijk wat moeite om het slachtoffer te identificeren. Ze had niets bij zich... geen tasje, geen bescheiden. Men was al bezig om een tekst voor een radio- en televisieoproep samen te stellen, toen zich bij de politie in Hilversum een man vervoegde, die verklaarde, dat zijn vriendin na een hevige ruzie bij hem was weggelopen en dat hij vreesde, dat haar een ongeval was overkomen. Die man was... George Brisbane.'
'Waar woonde die Brisbane toen?'
'In Amsterdam, aan de Herengracht. Niet ver van waar hij nu woont.'
De grijze speurder trok rimpels in zijn voorhoofd.
'Waarom meldde hij de vermissing van zijn vriendin dan niet hier, aan de Warmoesstraat, maar in Hilversum?'
Vledder glimlachte.
'Die vraag kwam ook bij mij op. Volgens onze collega in Hilversum had George Brisbane daarvoor een redelijke verklaring. Hij vertelde, dat zijn vriendin en hij wel meer ruzie hadden. Zijn vriendin had de gewoonte om na zo'n ruzie met haar auto naar het bos bij Hilversum te rijden om daar te gaan wandelen. De boslucht kalmeerde haar en na een paar uur kwam ze verkwikt terug en werd de ruzie bijgelegd. Nu ze dit keer na een dag en een nacht nog niet terug was, vreesde hij een ongeval.'
De Cock wreef zich achter in zijn nek.
'Een prachtig verhaal,' meesmuilde hij. Met een wrange grijns op zijn gezicht keek hij naar zijn jonge collega op. 'En onze vriend George Brisbane identificeerde het slachtoffer?'

'Ja... als Lucienne Wildenborch, een dertigjarige mannequin... althans dat was ze voor ze die George Brisbane leerde kennen.'
De Cock kneep zijn ogen even dicht.
'Escort?'
Vledder knikte. De jonge rechercheur klemde zijn lippen op elkaar en zijn gezicht kleurde. 'Escort Ltd.,' siste hij toen verbeten. 'Ook toen al... de schoft.'
De Cock glimlachte om de reactie.
'Krijgen we het dossier?'
'Ze zullen het ons morgen opsturen. Die collega uit Hilversum heeft mij alvast een gedeelte van de verklaring van George Brisbane voorgelezen. De Engelsman stelt daarin heel simpel, dat het hem bekend was, dat Lucienne Wildenborch, met wie hij samenleefde, de prostitutie bedreef, maar ontkende, zo stond er letterlijk in zijn verklaring, dat hij uit de door haar gepleegde ontucht, ook voordeel had getrokken.'
De Cock grinnikte.
'Dan had men hem souteneurschap kunnen aanwrijven.'
'Precies.'
De grijze speurder wuifde naar Vledders aantekeningen.
'En de dader van de moord?'
De jonge rechercheur stak in wanhoop zijn beide armen omhoog.
'Nooit gevonden.'
'En haar wagen... de auto, waarmee zij vanuit Amsterdam naar Hilversum was gereden?'
Vledder trok een spijtig gezicht.
'Daar heb ik niet naar gevraagd. Maar dat zal wel in het dossier staan.'
De Cock knikte instemmend. Hij bracht zijn handen naar voren en drukte de vingertoppen tegen elkaar. 'Van enige betrokkenheid,' formuleerde hij voorzichtig, 'van George Brisbane bij de moord op die Lucienne Wildenborch is nooit iets gebleken?'
Vledder schudde zijn hoofd.
'De recherche van Hilversum heeft nog overwogen om George Brisbane als verdachte aan te merken, maar hun Officier van Justitie had daar geen oren naar. Hij vond de zaak te zwak. Er bestonden ook nauwelijks aanwijzingen, dat de Engelsman iets met de moord uitstaande had.' De jonge rechercheur zweeg even. Er kwamen weer kleurtjes op zijn wangen. 'Maar dat moet toch!' ging hij ineens fel

verder. 'Die moord op Lucienne Wildenborch lijkt toch verdacht veel op de moord op Mareille van Luxwoude. Dat... eh, dat kan toch niet allemaal toeval zijn?' Hij zwaaide wild om zich heen. 'Ga het maar na... beide vrouwen werden gewurgd... beiden lagen op de achterbank van een auto... en beiden behoorden tot de Escort Limited van George Brisbane.'
De Cock vouwde zijn handen.
'Je hebt gelijk. Er zijn parallellen... duidelijke overeenkomsten tussen beide moorden.' Hij liet zich in zijn stoel terugvallen. 'Maar het motief... wat voor redenen zijn er aan te voeren om George Brisbane als dader aan te merken? Je moet bedenken, dat zowel Lucienne Wildenborch als Mareille van Luxwoude voor de Engelsman...' De grijze speurder maakte zijn zin niet af. Er werd geklopt, kort, vinnig en Vledder riep: 'Binnen.'
De deur van de recherchekamer ging open en in de deuropening verscheen een vrij lange man. Hij droeg een groene loden mantel en een bijpassend jagershoedje met een veer. De Cock schatte hem op zo rond de zestig. Zijn houding had iets van een militair. Bij het binnentreden deed de man zijn hoedje af en liep kaarsrecht en met vaste tred op de grijze speurder toe.
'U bent rechercheur De Cock?'
Hij had een krachtige, welluidende stem, die de gehele recherchekamer vulde.
De oude rechercheur kwam uit zijn stoel omhoog.
'Met ceeooceekaa,' sprak hij wat beduusd.
De man lachte luid, uitbundig.
'Men zei mij, dat u zo zou reageren.'
De Cock trok zijn gezicht strak. Hij hield er niet van, dat men om zijn hebbelijkheid lachte... een hebbelijkheid, die voortkwam uit de ergernis die bij hem opwelde wanneer men zijn naam verkeerd schreef.
'Wie is ''men''?' vroeg hij bits.
'Vrienden... vrienden van mij, die mij adviseerden om mij bij u te melden.'
De Cock wuifde naar de stoel naast zijn bureau.
'Gaat u zitten.' Hij nam zelf weer achter zijn bureau plaats. 'Met wie heb ik het genoegen?'
'Alex... van Alexander... Alexander van Waardenburg, uit de Beethovenlaan in Hilversum.'

Opnieuw raakte De Cock onder de indruk van het stemvolume, dat de man blijkbaar moeiteloos produceerde.
'U kwam zich melden?' vroeg hij vriendelijk.
'Ja.'
'Als dader van een misdrijf?'
Alex van Waardenburg gebaarde achteloos.
'Wat is het wezenlijk verschil,' sprak hij triest, 'tussen een mis-stap en een mis-drijf?'
De Cock glimlachte.
'Een zieleherder zou met zo'n vraag beslist moeite hebben. Maar als rechercheur is hij vrij gemakkelijk te beantwoorden. Als de wet op een mis-stap straf heeft gesteld... is het een misdrijf.'
Alex van Waardenburg knikte voor zich uit.
'Houdt u het dan maar op een misstap. Ik heb niet het gevoel iets strafbaars te hebben gedaan.'
De Cock reageerde verwonderd.
'En u komt zich melden?'
Alex van Waardenburg speelde met het jagershoedje op zijn schoot.
'Ik... eh, ik heb vernomen,' sprak hij met gebogen hoofd, 'dat Mareille van Luxwoude gewurgd... vermoord... in een auto is gevonden.'
De Cock keek hem scherp aan.
'Van wie?'
'Wat bedoelt u?'
'Van wie hebt u dat vernomen?'
Alex van Waardenburg aarzelde.
'Van Mister George... George Brisbane. Een paar uur geleden belde hij mij op. Hij vertelde mij wat er met Mareille was gebeurd en dat u het onderzoek leidde.' Hij pauzeerde enige ogenblikken. 'Ik... eh, ik maakte nog wel eens gebruik van... eh, van de bekoorlijkheden van Mareille. Uiteraard weet mijn vrouw hier niets van... ook mijn kinderen niet. Waarom... eh, waarom zou ik hen met die gedachte belasten?' Hij verschoof iets op zijn stoel en leunde met zijn beide handen op de rand van De Cocks bureau.
Vanuit zijn ooghoeken zag de grijze speurder, dat Vledder een verraste beweging maakte. 'Ik heb vrienden,' ging Alex van Waardenburg verder, 'die van mijn relatie met Mareille op de hoogte zijn.'
De Cock knikte begrijpend.
'En die hebben u geadviseerd zich bij mij te melden.'

Alex van Waardenburg glimlachte.
'Toen zij hoorden, dat u het onderzoek in handen had, gaven ze mij weinig kans om mijn omgang met Mareille verborgen te houden.'
De Cock lachte gevleid.
'En dat is alles?'
Alex van Waardenburg keek hem verbaasd aan.
'Ik begrijp u niet?'
De Cock maakte een grimas.
'U maakte gebruik van de diensten van een call-girl,' antwoordde hij gelaten. 'Wel, u was ongetwijfeld niet de enige cliënt van Escort Ltd.' Hij boog zich iets naar de man toe. 'Bent u,' vroeg hij afgemeten, 'direct... dan wel indirect... betrokken bij de wurgmoord op Mareille van Luxwoude?'
Alex van Waardenburg deinsde verschrikt terug.
'Nee, nee, zeker niet,' reageerde hij afwerend. 'Ik heb met haar dood niets te maken. Maar nu u weet, dat ik Mareille heb gekend, behoeft u geen navraag meer te doen. Begrijpt u... ik ben in den lande een min of meer bekende persoonlijkheid... met een onbevlekte reputatie... ik wilde graag dat het zo bleef.'
De Cock plukte aan zijn onderlip.
'U... eh, u betaalde voor de bijzondere diensten, die Mareille u verleende?'
'Uiteraard.'
'Aan wie?'
'Aan Mister George.'
'Nooit aan Mareille zelf?'
'Nee, altijd aan Mister George.'
'Contant?'
Er gleed een grijns over het markante gezicht van Alex van Waardenburg. Zijn brede kin kwam iets omhoog.
'Mister George Brisbane,' sprak hij met enige ironie, 'is een voorzichtig man, die onze Nederlandse belastingcollecteurs wat te nieuwsgierig en per se te inhalig vindt. Ik bracht mijn... eh, contributie eenmaal per maand in contanten en in persoon naar zijn flat in Amsterdam aan de Brouwersgracht. Dat was Mister Brisbane's uitdrukkelijke wens.'
'Waaraan u voldeed?'
'Zeker.'
De Cock keek hem scherp onderzoekend aan.

'En als u,' formuleerde hij kalm en nadrukkelijk, 'in gebreke bleef... een maand niet betaalde?'
Alex van Waardenburg keek naar hem op. In zijn koele grijze ogen lag een waakzame blik.
'Ik heb er altijd voor gezorgd,' antwoordde hij strak, 'dat ik de betalingstermijnen nooit overschreed.'
'Was u bang?'
'Waarvoor?'
'Dat Mister George Brisbane mogelijk wat loslippig zou worden... als u in gebreke bleef... heeft hij daar nooit mee gedreigd?'
Alex van Waardenburg schudde zijn hoofd.
'Ik heb het nooit zover laten komen. En waarom ook? Mareille was een vrouw, die mij de... eh, geneugten bezorgde, die ik wenste. Ik wilde vóór alles, dat onze relatie geen gevaar liep.'
De Cock knikte begrijpend.
'Nu is ze dood.'
Zijn stem klonk somber. Verdrietig. Het was ook voor het eerst, dat hij van binnen iets voelde. Een betrokkenheid. Alex van Waardenburg frommelde aan het jagershoedje op zijn schoot. Zijn grote handen beefden.
'Dood,' herhaalde hij toonloos.
De Cock keek hem vragend aan.
'Enig idee wie voor haar dood verantwoordelijk is?'
Alex van Waardenburg knikte zonder op te zien.
'Mister George... ze wilde van hem af.'

10

Met een ruk kwam Vledder uit zijn stoel overeind. Verbijsterd keek hij zijn oudere collega aan.
'Je liet hem gaan,' stamelde hij onthutst. 'Je liet hem gaan.'
De Cock veinsde verbazing.
'Wie?'
De jonge rechercheur strekte in een wild gebaar zijn rechterhand naar de deur van de recherchekamer.
'Die Alex van Waardenburg.'
De grijze speurder maakte een verontschuldigend gebaartje. 'Wat had ik dan moeten doen? Hem arresteren? Op basis waarvan?'
'Moord.'
De Cock trok zijn neus iets op.
'Sinds wanneer hanteer jij een ander Wetboek van Strafvordering?'
Het klonk sarcastisch.
Vledder balde zijn linkerhand tot een vuist en hield die trillend omhoog.
'Heb je dat dan niet gezien?'
'Wat?'
'Die tatoeage op de rug van zijn linkerhand.'
De Cock knikte bedaard.
'In blauw en rood,' sprak hij simpel, 'een bundel pijlen in een klauw.'
'Je zag het dus wel?'
'Zeker.'
Vledder grinnikte vreugdeloos.
'Maar zo'n man zoek je toch?'
De Cock schudde zijn hoofd.
'Alex van Waardenburg was niet onze mysterieuze lifter van de vluchtstrook.'
Het gezicht van Vledder betrok.
'Hij was het niet?'
De Cock schudde opnieuw zijn hoofd.
'Dat was een ander type, slanker, taniger, atletischer. Geen militair, zoals Alex van Waardenburg, met een stramme strakke pas, maar een man met de sluipende gang van een roofdier.'
'Maar hij had dezelfde tatoeage.'

'Inderdaad.'
'Toeval?'
De Cock antwoordde niet direct. Hij liet zijn hoofd zakken en dacht na over het moment, dat Alex van Waardenburg even met beide handen op de rand van zijn bureau leunde. Langzaam keek hij op.
'Weet je, Dick,' sprak hij zacht, peinzend, 'hij wilde het... hij wilde per se, dat ik die vreemde tatoeage op zijn hand zag. De manier, waarop hij zijn handen voor mij op het bureau legde, pal onder mijn ogen, was ongewoon en te nadrukkelijk.' Hij ademde diep. 'Daarom heb ik ook niet gereageerd.'
'Hoe bedoel je?'
De Cock strekte de wijsvinger van zijn rechterhand en stak die gebarend naar voren. 'Ik had aan Alex van Waardenburg kunnen vragen wat die vreemde tatoeage op de rug van zijn hand betekende... waar hij die had laten aanbrengen... of hij nog andere mannen kende met eenzelfde tatoeage. Maar iets zei mij dat niet te doen.' Hij glimlachte. 'En ik ben dat innerlijke stemmetje dankbaar.'
'Waarom?'
De Cock grinnikte.
'Omdat het snode plannetje van Alex van Waardenburg nu niet doorging.'
Vledder keek hem niet begrijpend aan.
'Wat voor plannetje?'
De grijze speurder stak opnieuw zijn wijsvinger omhoog en hield die voor het puntje van zijn neus.
'Door het zo nadrukkelijk tonen van de tatoeage op de rug van zijn linkerhand drong hij als het ware een aantal vragen bij mij op. Als ik die had gesteld... zo hij ongetwijfeld van mij verwachtte... dan had hij daaruit zijn conclusies kunnen trekken.' De Cock liet zich terugvallen in zijn stoel en trok zijn gezicht strak. Met zijn vlakke hand klapte hij ritmisch op het blad van zijn bureau.
'Alex van Waardenburg wilde van mij weten of ik die afbeelding... die bundel pijlen in een klauw... al kende... met andere woorden... hij wilde van mij ervaren of iemand de tatoeage op de hand van de moordenaar had opgemerkt.'
Vledder staarde hem met grote ogen aan.
'Maar dat betekent,' sprak hij hees, 'dat...'
De Cock vulde hem hoofdknikkend aan.

'Dat Alex van Waardenburg de moordenaar kent.'

Vledder manoeuvreerde de oude politie-Volkswagen met een haast speels gemak door het woelige stadsverkeer. Het was opnieuw gaan regenen. De felle kleuren van de lichtreclames spiegelden in het natte asfalt van het Damrak. De Cock liet zich onderuitzakken en schoof zijn vilten hoedje tot over zijn ogen. Hij knorde vergenoegd.
'Je kunt het Slotervaart Ziekenhuis wel vinden?'
De jonge rechercheur knikte.
'Aan het einde van de Aletta Jacobslaan. Als ik bij Sloterdijk de ringweg te pakken heb, zijn we er in een paar minuten.' Hij blikte opzij. 'Je weet zeker, dat we haar mogen bezoeken?'
De Cock schoof zijn hoedje iets terug.
'Alleen niet als rechercheurs van politie.'
'Wat?'
De Cock schudde zijn hoofd.
'De behandelende geneesheer wilde dat niet... nog niet. Tegen familie had hij geen bezwaar.' Hij grinnikte vrolijk. 'Dus ben ik oom Jurrian en jij Dick, een belangstellende neef.'
'En haar vader?'
'Die komt vanavond niet. Toen jij vanmiddag naar de sectie was, heb ik hem opgebeld. Hij had tegen de maskerade geen bezwaar.'
Een tijdje reden ze zwijgend voort. De uitlaat van de motor was doorgeroest. Het tetterende geluid onder de carrosserie hinderde de grijze speurder in bijzondere mate. Het stoorde het fijne raderwerk van zijn denken. Maar hij liet geen klacht horen. Hij had zich er al jaren mee verzoend, dat het wagenpark van de politie gebrekkig werd onderhouden. Voor reparaties... geen tijd en geen geld. Het was Vledder, die het zwijgen verbrak.
'Toch is onze conclusie wat voorbarig.'
Het klonk als het resultaat van diep gepeins.
'Welke conclusie?'
'Dat Alex van Waardenburg de moordenaar kent.'
De Cock drukte zich wat omhoog.
'Hoezo?'
'Alex van Waardenburg behoeft de moordenaar niet te kennen... niet in persoon, bedoel ik. Het is ook mogelijk, dat hij alleen maar weet, dat de moordenaar op de rug van een van zijn handen dezelfde tatoeage heeft als hij... een bundel pijlen in een klauw.'

De Cock maakte een grimas.
'Hoe... hoe weet hij dat? Wie heeft hem dat verteld? Is het een wetenschap uit eigen waarneming? Heeft hij de moord zien plegen?'
Vledder trok wrevelig zijn schouders op.
'Zoveel vragen? Ik weet niet hoe hij dat weet... daar heb ik geen idee van.'
De Cock draaide zich half naar hem toe.
'Je vergeet, dat er nog een link is tussen Alex van Waardenburg en de moordenaar.'
Vledder trok zijn wenkbrauwen samen.
'Nog een link?'
In zijn stem trilde onbegrip.
De Cock knikte.
'Een dode Mareille van Luxwoude.'

Vledder plaatste de politie-Volkswagen op een grote parkeerplaats schuin naast het ziekenhuis. De beide rechercheurs stapten uit en slenterden door de regen over het brede toegangspad naar de ingang.
De Cock blikte opzij.
'Heb je de foto's meegenomen?'
De jonge rechercheur knikte.
'Vind je het nog nodig?'
'Wat?'
'Om ze aan Sandra Verloop te laten zien. Het is misschien een schok voor haar. Foto's van een dode zijn nooit prettig om naar te kijken. Bovendien weten we vrijwel zeker, dat de vrouw die zij in de wagen op de vluchtstrook zag, Mareille van Luxwoude was.'
De Cock trok de kraag van zijn regenjas iets op.
'Dat is theorie,' bromde hij. 'Een theorie, die alleen wordt bevestigd door het feit, dat de politie in Hilversum de lichtblauwe metallic Mercedes op het parkeerterrein bij de AVRO-studio heeft teruggevonden. Met een handige advocaat blijf je met zo'n theorie bij een mogelijke terechtzitting nergens. De verdediging veegt hem zo van tafel.'
Vledder trok wat onwillig zijn schouders op.
'Oké, dan laat ik ze zien.'
De Cock hield zijn pas in.
'Heb je overigens het kenteken van die lichtblauwe Mercedes al eens opgevraagd?'

'Nee.'
'En van die Volvo?'
'Ook niet.'
'Dan mag je dat wel eens doen. Het interesseert mij machtig van wie die wagens zijn.'
De jonge rechercheur sputterde.
'Die Volvo stond als gestolen geregistreerd.'
'En die Mercedes?'
Met een mokkende Vledder in zijn kielzog sjokte De Cock door de ruime hal naar de liften. In gezelschap van een reeks andere bezoekers stegen ze naar de zevende etage. Daar namen ze hun natte regenkleding over de arm en gingen op zoek naar de juiste kamer.
Sandra Verloop lag er witjes bij, in een bed dat veel te groot leek. Om haar lippen danste een zoete glimlach toen ze de grijze rechercheur in het oog kreeg. Blij stak ze hem haar hand toe.
'Ik had u al veel eerder verwacht.'
De Cock schudde zijn hoofd.
'De behandelende arts stond niet toe, dat jij door rechercheurs werd verhoord.' Hij duimde opzij. 'Dat is mijn collega Vledder.' Hij keek quasi spiedend om zich heen. 'Wij zijn hier dan ook incognito. Collega Vledder is jouw dierbare neef Dick en ik ben je lieve oom.'
Sandra Verloop lachte.
'Ze zijn hier gek. Ik mankeer niets.'
De Cock negeerde haar opmerking. Hij pakte een stoel van onder het grote bed en ging naast haar zitten. 'Hoe voel je je?' vroeg hij bezorgd.
'Best. Ik zei toch, ik mankeer niets. Volgens mij lig ik hier voor tjoema.'
De Cock lachte om het woord.
'Wanneer mag je naar huis?'
Sandra Verloop wees naar een kalender aan de muur.
'Over twee dagen.' Ze drukte zich omhoog en verschoof iets aan haar kussen. 'Is die man nog bij u geweest?'
'Welke man?'
'Die mij hier heeft gebracht.'
'Die taxichauffeur?'
Sandra Verloop keek de oude rechercheur verbaasd aan.
'Taxichauffeur?'
De Cock knikte.

'Simon Janszen met es-zet.'
'Is hij taxichauffeur?'
'Dat... eh, dat beweert hij. En hij zag er ook als een taxichauffeur uit... compleet met een pet... een fraaie schipperspet met een stoffen klep.'
Sandra Verloop trok een bedenkelijk gezicht.
'Hij reed niet in een taxi.'
De Cock trok zijn wenkbrauwen op.
'Dat weet je zeker?'
Sandra Verloop knikte heftig. Er kwam ook wat kleur op haar wangen. 'Ik weet toch hoe een Amsterdamse taxi er van binnen uitziet... met een meter.' Ze keek toornig naar De Cock op. 'En vraag mij niet steeds of ik iets zeker weet. Als ik iets zie, dan zie ik het goed.' Ze hield haar hoofd iets schuin en veranderde van toon. 'Weet u al wie die vrouw is?'
De Cock wenkte Vledder naderbij. Toen de jonge rechercheur de foto's van de dode Mareille van Luxwoude had laten zien, knikte Sandra traag. Haar tong gleed langs haar lippen.
'Dat... eh, dat is-er.' Ze knikte nog eens. Nadrukkelijker. 'Ja, dat is-er.'
Vledder borg de foto's weer in de binnenzak van zijn colbert. 'En die man,' vroeg hij, 'die jou op het Stationsplein neersloeg... was de man, die jullie vanaf de vluchtstrook een lift gaven naar Amsterdam?'
Sandra Verloop keek naar De Cock.
'Dat bericht heb ik u toch doorgespeeld? De man die mij hier bracht, heeft mij beloofd, dat hij contact met u zou opnemen.'
De grijze speurder glimlachte geruststellend.
'Dat deed hij ook. Dezelfde avond nog kwam hij naar de Warmoesstraat.' Hij boog zich iets dichter naar haar toe. 'Hoe kwam het zo... hoe kwam je met onze vreemde lifter in contact?'
'Ik zag hem.'
'Waar?'
'Op het Damrak... op het brede trottoir. Ik werk sinds een paar maanden in Amsterdam en was op weg naar huis... naar de trein.'
'En toen?'
Sandra Verloop schokschouderde. Het was een gebaar van machteloosheid. 'Ik weet wat u tegen mij hebt gezegd... dat ik gevaar liep. Maar ik kon er niets aan doen. Het was sterker dan ikzelf. Ineens liep

ik achter die man aan en riep steeds maar; dat is 'm... dat is 'm... dat is 'm'.' Ze grinnikte nerveus. 'De mensen om mij heen keken mij wat raar aan.'
'En die man?'
Sandra Verloop greep met beide handen naar haar hoofd.
'Niets... hij liep gewoon door... net alsof ik er helemaal niet was... of hij mij niet hoorde. Ik zag ook nergens een politieman... iemand, die mij kon helpen. Toen de man steeds maar doorliep, hoopte ik, dat hij het station in zou gaan. Daar zijn vaak luitjes van de spoorwegpolitie. Dan had ik hem kunnen laten pakken.'
De Cock zuchtte.
'Zover kwam je niet.'
Sandra Verloop schudde haar hoofd. Ze werd rustiger. De emotie ebde weg.
'Op het Stationsplein, tussen al die mensen, draaide hij zich plotseling om en gaf mij een slag tegen mijn hoofd. Ik stond even te tollen en viel toen op straat. De man boog zich over mij heen. Ik zag even zijn ogen. Toen zei hij...' Ze stokte.
De Cock keek haar gespannen aan.
'Wat zei hij?'
Sandra Verloop slikte een brok uit haar keel.
'Ik... eh, ik was het niet.'

11

'Ik was het niet?'
'Dat zei hij.'
De Cock keek haar vragend aan.
'Wat was hij niet?'
De onderlip van Sandra Verloop trilde en er kwamen tranen in haar ogen. 'Dat heb ik hem toch niet kunnen vragen,' reageerde ze huilend. 'Hij was onmiddellijk weg toen die andere man aan kwam rennen.'
'Die... eh, die taxichauffeur?'
Sandra Verloop knikte.
'Die hielp mij weer op de been. Ik voelde mij wel een beetje duizelig, maar ik keek direct om mij heen en hoopte, dat hij er nog was.'
'Onze lifter.'
Sandra knikte opnieuw.
'Precies, onze lifter. Ik had hem willen vragen... als hij het niet was, waarom hij mij dan die dreun gaf.'
De Cock lachte.
'Je bent onverbeterlijk.'
Sandra Verloop trok het laken van haar bed omhoog en droogde haar tranen. 'Ik heb hem even heel goed in zijn gezicht kunnen kijken... in zijn ogen. Ik vond hem nu zo eng niet meer... niet zo eng als op die avond toen wij hem die lift gaven.'
De Cock keek haar schattend aan.
'Jij denkt,' sprak hij voorzichtig, 'dat zijn uitspraak ik-was-het-niet verband hield met de dode vrouw achter in zijn wagen?'
Sandra Verloop zwaaide om zich heen. Op haar lief gezichtje lag nog steeds een verdrietige trek. 'Daarom... daarom had ik met hem willen praten. Ik had hem willen vragen wie die dode vrouw was... vanwaar ze kwam... waarom hij haar in zijn wagen op de vluchtstrook achterliet... en waarom hij vluchtte toen u hem in de tram probeerde te achterhalen.'
De Cock grinnikte vrolijk.
'Dat is nogal wat. Als je op al die vragen ware antwoorden had gekregen, dan had je in je eentje een hele moord opgelost.'
Sandra Verloop trok haar mond strak.
'En als ik hem weer zie... ga ik weer achter hem aan.'

De Cock schudde langzaam zijn hoofd.
'Dat doe je niet,' sprak hij streng, beslist. 'Van deze dreun op je hoofd zul je, zo verwachten ze hier, geheel herstellen, maar wie weet wat er gebeurt als je nog eens zo'n klap oploopt?'
'Opnieuw herstellen.'
Het klonk vastberaden, bijna uitdagend.
De grijze speurder sloot even zijn beide ogen. Een dof gevoel van machteloosheid overviel hem. 'Sandra,' sprak hij vermoeid, 'ik zeg je nogmaals heel nadrukkelijk... blijf uit de buurt van die man.'
Ze keek naar hem op.
'Weet u,' sprak ze ernstig, 'dat ik het stellige vermoeden heb, dat u achter de verkeerde moordenaar aanjaagt.'
De Cock trok achteloos zijn schouders op. De vriendelijke accolades rond zijn mond dansten in een droeve glimlach.
'Dat, lief kind,' sprak hij gelaten, 'is mij al meerdere malen overkomen.'

Ze reden met hun oude Volkswagen van het Slotervaart Ziekenhuis weg. Vledder, aan het stuur, schudde zijn hoofd en gniffelde. 'Vrouwen zijn toch vreemde wezens,' sprak hij met duidelijke minachting. 'Eerst houden ze hun kaken op elkaar omdat ze er van overtuigd zijn met een enge moordenaar van doen te hebben en als ze dezelfde man in de ogen hebben gekeken, is hij plotseling niet eng meer en geen moordenaar.'
De Cock lachte vrijuit.
'Dat moet jij toch weten,' riep hij vrolijk. 'Ogen zijn de spiegels van de ziel. En in die ziel heeft Sandra even een blik geworpen.'
Vledder snoof.
'Lariekoek... spiegels van de ziel. Die vent geeft haar toch niet voor niets een dreun voor haar hoofd?'
'Hij zal het niet prettig hebben gevonden, dat Sandra achter hem aan bleef lopen en roepen.'
Vledder wuifde voor zich uit.
'Voorlopig blijft hij toch voor mij de man, die wij moeten hebben.'
Hij blikte schuin opzij. 'Ik had ook graag een aantal antwoorden op de vragen, die Sandra Verloop in haar hoofd had.'
De Cock plukte aan zijn neus.
'Dan zullen we hem toch eerst moeten vinden. Ik heb vanmiddag toen jij naar de sectie was, een telefoontje gehad van Ben Kreuger.'

'En?'
'De vingerafdrukken, die Ben Kreuger in onze Volkswagen vond... de vingerafdrukken van onze mysterieuze lifter... komen in ons bestand niet voor. Met andere woorden... de man is nog nooit met de politie en/of justitie in aanraking geweest.'
Vledder stak zijn kin iets vooruit.
'Maar die lifter heeft wel dezelfde tatoeage op de rug van zijn linkerhand als Alex van Waardenburg. Ik bedoel, als wij die Alex van Waardenburg nauwlettend in het oog houden, dan moeten wij op een goede dag in zijn gezelschap jouw lifter tegenkomen.'
De Cock schudde zijn hoofd.
'Daar begin ik niet aan... nog niet. Schaduwen is een te tijdrovende bezigheid. Als je het goed wilt doen, dan zul je Alex van Waardenburg weken achtereen dag en nacht moeten volgen. Dat kost te veel manuren. Bovendien acht ik de kans op succes uiterst gering.' Hij zweeg even; kauwde nadenkend op zijn dikke onderlip. 'Heb je er nog aan gedacht om de opsporing te vragen van het wagentje van Mareille van Luxwoude?'
'Die Fiat Panda?'
'Precies.'
'De jonge rechercheur schudde zijn hoofd.
'Moet dat?' vroeg hij onzeker. 'Wat heeft dat wagentje met haar dood te maken?'
De Cock liet zich lui onderuitzakken. Op zijn gezicht lag een grijns.
'Misschien... misschien is ze met dat wagentje wel naar haar moordenaar gereden.'
Vledder liet het stuur van de Volkswagen los. Verbijsterd staarde hij enige ogenblikken naar De Cock. Daarna klapte hij met de muis van zijn rechterhand tegen zijn voorhoofd. 'Stom. Ik loop al zo lang met je mee. Ik had die mogelijkheid toch moeten overdenken.'
De oude rechercheur glimlachte. Ineens drukte hij zich weer overeind en keek door de voorruit naar de omgeving.
'Waar ga je heen?'
Vledder toonde verbazing.
'Terug... naar de Kit.'
De Cock schudde afkeurend zijn hoofd.
'We gaan naar Hilversum.'
'Waarom?'
De grijze speurder gebaarde achteloos.

'Daar woont André Grubbenvorst.'

Vledder jakkerde de oude Volkswagen met bijna 120 kilometer over de E 35 in de richting Amersfoort. Even voor de afslag Naarden wees De Cock schuin links naar de overkant van de weg. 'Daar,' sprak hij somber, 'op de vluchtstrook... daar begon de ellende.'
'Stond daar die Mercedes?'
De Cock knikte.
'Met dat lijk. Toen die man daar stond te zwaaien, had ik naar Sandra moeten luisteren. Rij door, zei ze. Maar ik moest die vent zo nodig een lift geven.'
Vledder lachte.
'Zelfbeklag?'
De Cock trok onwillig zijn schouders op.
'Ik... eh, ik was die avond niet zo alert,' sprak hij pijnlijk. 'Het angstige, inbleke gezicht van Sandra, toen ze met die man in haar rug naast mij in de auto zat, had voor mij een teken moeten zijn. Ook het feit, dat die man niet wilde, dat ik hem tot bij zijn huis bracht, had bij mij wantrouwen moeten wekken. Maar ik voelde mij die avond even een gewone blije burger... geen politieman met een eeuwig achterdochtige ziel.'
Vledder zweeg. Bij de afslag Laren verliet hij de snelweg en reed in de richting van Hilversum. De jonge rechercheur keek opzij.
'Heb je het adres?'
De Cock diepte een verfrommeld papiertje uit het borstzakje van zijn Harris-tweed-colbert en streek het glad op zijn knie.
'Chopinlaan,' las hij bij het licht van zijn zaklantaarn. 'Nummer drie-acht-zeven.'
'Hoe kom je eraan?'
'Wat?'
'Dat adres?'
De Cock glimlachte.
'Terwijl jij op Westgaarde rustig toekeek hoe Dr. Rusteloos het lijk van Mareille van Luxwoude openpeuterde, heb ik wat navraag gedaan. André Grubbenvorst is een oud-Koreastrijder, nu achtenvijftig jaar en directeur van een bloeiende im- en export onderneming, opererende onder de naam E.T.C., European Technics Corp. Hij is eenmaal gehuwd geweest, gescheiden en heeft, volgens mijn zegsman, een bevallige dochter van vijfentwintig lentes. Agnes, zo heet

die dochter, woonde aanvankelijk bij haar vader in de Chopinlaan, maar trok een jaar of drie geleden bij haar moeder in, omdat ze het niet kon verdragen, dat papa steeds vaker vreemde juffrouwen liet aanrukken om zwoele spelletjes te doen.'
'Waar woont die moeder?'
'Ook hier in Hilversum, in de Bachlaan.'
Vledder schoof zijn onderlip vooruit.
'Jij hebt goede informanten,' sprak hij bewonderend.
De Cock gebaarde achteloos.
'Het komt door het principe: voor wat, hoort wat. Jaren geleden heb ik mijn informant eens van een faillissement gered, toen mij uit een onderzoek waarmee ik bezig was, bleek, dat de man met wie hij zaken deed, op grote schaal fraude pleegde... een fraude, waarvan ook mijn huidige zegsman het slachtoffer dreigde te worden. Sindsdien misbruik ik hem voor wat 'inside-information' uit de toch wat gesloten zakenwereld.'
'Noem jij dat misbruik?'
De Cock tuitte zijn lippen.
'Ik heb soms het gevoel, dat hij het helemaal niet prettig vindt om mij dergelijke vertrouwelijke mededelingen te doen, maar hij acht zich door het verleden aan mij verplicht.'
Een tijdje reden ze zwijgend verder. Na enig zoeken bracht Vledder de politie-Volkswagen voor een monumentaal smeedijzeren hek van een brede oprijlaan tot stilstand. 'Hier moet het dan zijn,' sprak hij gebarend, 'nummer drie-acht-zeven.'
De Cock bukte zich en keek door de voorruit omhoog.
'Wat een kast van een huis.'
In zijn stem trilde bewondering.
Vledder grinnikte.
'Dat heet een optrekje,' reageerde hij spottend.
De Cock liet zijn blik langs de vensters glijden.
'Er brandt nergens licht,' fluisterde hij. 'Mogelijk is er niemand thuis.'
Vledder keek op zijn horloge.
'Of men ligt in bed. Jij houdt er wel nooit rekening mee, maar volgens de wet bevinden wij ons al in de voor de nachtrust bestemde tijd.'
De Cock negeerde de opmerking. 'Gniffelend wees hij voor zich uit.
'Onze gammele Volksfiets past niet in dit decor... breng hem een

beetje uit het zicht.'
De jonge rechercheur keek hem wantrouwend aan.
'En dan?'
'Gaan we snuffelen.'
Vledder bromde een protest, maar schakelde toch in en reed verder. Enige meters om de hoek van een dwarslaan parkeerde hij de wagen aan de rand van de weg. De beide rechercheurs stapten uit en slenterden naar de villa terug. Voor het imposante hek bleven ze staan.
Het was stil en donker in de stemmige Chopinlaan. Zo nu en dan brak de maan even door een zwart wolkendek en toverde momenten van matbleek, spookachtig licht op de witgepleisterde muren. Grillige schaduwen van omringende bomen grepen als klauwen naar de dakgoot.
Vledder rukte even aan het hek.
'Op slot,' stelde hij vast. Hij keek opzij naar De Cock.
'Wat doen we... bellen?'
De oude rechercheur blikte omhoog. 'We klimmen.'
Vledder keek hem verbaasd aan. 'Over dit hek?'
'Ja.'
'Als dieven in de nacht?'
'Als rechercheurs op onderzoek.' Grijnzend klemde hij zijn linkerhand om een van de spijlen. 'En dat, Dick, is heel wat anders.'
Opmerkelijk kwiek werkte hij zijn negentig kilo schoon gewicht over het brede hoge hek. De jonge Vledder volgde.
Toen ze beiden aan de andere kant waren, keek De Cock nog even omhoog naar de in gouden speerpunten eindigende ijzeren hekspijlen. Toen draaide hij zich langzaam om en liep op de villa toe. Het grove grind knarste onder zijn voeten.
Bij de toogvormige voordeur bleef hij staan. Met kennersblik monsterde hij de weerstand van het slot. Een moment overwoog hij om het oude apparaatje van zijn vriend en ex-inbreker Handige Henkie ter hand te nemen, maar hij bedacht zich.
Traag slenterde hij aan de voordeur voorbij en liep, de oprijlaan volgend, naar een opzij van de villa gelegen dubbele garage. Plotseling bleef hij staan. Geschokt. Onder het overhangende groen van een immense laurierkers, bijna aan het oog onttrokken, stond een kleine rode wagen. Trillend strekte hij zijn arm en wees.
Vledder, naast hem, hijgde.
'De Fiat Panda.'

12

'Weet je het zeker?'
Vledder stapte dichter op het wagentje toe en schoof het overhangende groen van de laurierkers iets opzij.
'Absoluut... geen vergissing mogelijk. Het is het kenteken uit haar handtasje.' De jonge rechercheur blikte naar De Cock, die naast hem was komen staan. 'Zou je dan toch nog gelijk krijgen?' sprak hij met een zoete grijns.
De grijze speurder keek naar hem op.
'In welk opzicht?'
'Dat Mareille van Luxwoude met haar eigen wagentje naar haar moordenaar is gereden.'
De Cock maakte een lichte schouderbeweging.
'Een voor de hand liggende conclusie.'
Het klonk twijfelachtig.
Vledder draaide zich half om en wees naar de villa.
'Dan woont daar haar moordenaar.'
De Cock reageerde niet. Zijn scherpe geest zocht naar dissonanten... kleine wanklanken in de toonzetting van een mogelijke bewijsvoering.
'André Grubbenvorst,' sprak hij traag, 'was haar laatste bijzondere relatie.'
Vledder knikte instemmend.
'Volgens jouw inlichtingen inderdaad een belangrijk man met veel invloed.'
De Cock blikte langs de kapitale villa omhoog.
'En veel geld.'
Vledder trok zijn gezicht strak.
'Volgens George Brisbane... de moordenaar van Mareille van Luxwoude.'
De Cock gebaarde achteloos.
'Een losse bewering, waarvoor hij geen bruikbare motieven kon aandragen.'
Vledder zwaaide met zijn beide armen. Niet zonder emotie gebaarde hij naar de rode Fiat Panda onder het overhangende groen. 'Dat hebben we toch niet meer nodig,' riep hij fel. 'Die André Grubbenvorst zal toch zijn best moeten doen om ons duidelijk te maken hoe

dat wagentje van Mareille van Luxwoude... een vermoorde Mareille van Luxwoude... op zijn grondgebied onder die laurierkers komt?'
De Cock wreef over zijn kin.
'Ik... eh, ik zou...' Hij stokte. Het licht van koplampen schoof langs de villa en verlichtte links van hen bomen en struiken. Even daarna klonk het knarsen van grond onder de banden van een remmende wagen.
In een reflex trok Vledder de oude rechercheur aan zijn arm naar de schaduw van de zijmuur. 'Daar komt iemand,' sprak hij gedempt.
De Cock maakte zich uit de greep van zijn jonge collega los en stapte uit de schaduw naar de voorzijde van de villa.
Een stevig gebouwde man, gekleed in een lange donkere jas, waaronder een oplichtende witte sjaal, smeet het portier van een wagen dicht en liep met driftige tred naar de toogvormige voordeur.
De Cock slenterde naderbij en kuchte om aandacht.
De man bleef geschrokken staan en draaide zich half om.
'Wat... wat doet u hier?' In zijn stem trilde angst en onderdrukte woede.
De oude rechercheur nam beleefd zijn vilten hoedje af en maakte een stijve buiging. 'Mijn... eh, mijn naam is De Cock,' sprak hij vriendelijk. 'De Cock met ceeooceekaa. Ik ben hier niet alleen.' Hij duimde wat verlegen achter zich. 'Aan de zijmuur... voor u nog niet zichtbaar... staat mijn jonge collega Vledder. Wij zijn beiden rechercheur van politie.'
De man hield zijn hoofd iets scheef.
'Politie?' vroeg hij met hoorbaar wantrouwen.
De Cock knikte overtuigend.
'Van het bureau Warmoesstraat in Amsterdam.'
De man nam een korte pauze. Hij trok zijn rug recht en De Cock herkende de houding van een ex-militair. Zijn zelfvertrouwen kwam duidelijk terug. Met zijn kin omhoog en zijn hoofd in zijn nek keek hij geringschattend op de oude rechercheur neer. 'Ik herhaal,' sprak hij scherp, autoritair, 'wat doet u hier?'
De Cock antwoordde niet direct. Hij hoorde achter zich voetstappen in het grind. Omkijkend zag hij Vledder schuin achter zich staan. Op het gezicht van de jonge rechercheur lag een trek van onbehagen.
'Wat doet u hier?' Het stemgeluid van de man droeg ver, resoneerde tegen de voorgevel van de villa.

De Cock plooide zijn gezicht in een beminnelijke glimlach. Hij wees opzij naar Vledder. 'Wij zijn belast met het onderzoek naar de moord op een jonge vrouw. Toen wij vanavond langs deze villa reden,' loog hij met overtuiging, 'zagen wij plotseling het wagentje van de vermoorde... een wagentje, waarnaar wij reeds dagen zochten... hier bij de zijmuur staan.' Hij maakte een verontschuldigend gebaartje. 'We konden onze ogen niet geloven en wilden weten of onze waarneming juist was. Maar de oprijlaan was afgesloten.' Hij glimlachte opnieuw. 'Onze opsporingsplicht indachtig... zijn... eh, zijn we toen maar over het hek geklommen.'
Het gezicht van de man werd rood.
'Daar hebt u het recht niet toe,' schreeuwde hij. 'Zo zonder enig bevel of...'
De Cock stak afwerend zijn hand op.
'U... eh, u bent de heer Grubbenvorst?' vroeg hij ijzig kalm. 'André Grubbenvorst?'
'Inderdaad.'
'Bewoner van deze villa?'
'Precies.'
De Cock trok zijn gezicht strak.
'Wij wilden met u een onderhoud.'
'Nu?'
De grijze speurder knikte nadrukkelijk.
'Nu... als het u schikt?'
André Grubbenvorst schudde geërgerd zijn hoofd.
'Het schikt mij niet,' riep hij bars. 'Het schikt mij helemaal niet.'
De Cock plooide zijn lippen in een tuitje en wuifde achteloos naar de deur.
'Het schikt ons.'
Het klonk onverzettelijk, als een bevel.
André Grubbenvorst keek de oude speurder seconden lang aan. Koel en vijandig, met toegeknepen ogen. Toen ontsloot hij de toegangsdeur. Zijn stramme, militaire houding ontstolde. Hij ging half in de toog van de deuropening staan en boog... capitulerend. De franjes aan het uiteinde van zijn witzijden sjaal hingen uit zijn jas naar beneden. In een grotesk gebaar wuifde hij uitnodigend.
'Entrez... entrez.'
In zijn stem juichte de spot.
De beide rechercheurs liepen langs hem heen naar een imposante hal

met een gestileerde eiken lambrizering in diffuus licht. Schuin links stond een fraai staand horloge in glanzend notehout. Op de kap, geflankeerd door bazuinende engeltjes, torste een vergulde Atlas de wereldbol.
André Grubbenvorst sloot de deur zorgvuldig en ging de heren voor naar een ruim, hoog vertrek met een indrukwekkende natuurstenen schouw in het midden.
De Cock liet zijn blik langs de wanden glijden. Aan de zijkanten van de schouw hingen in zwarte lijsten geschilderde portretten van heren op middelbare leeftijd met strenge negentiende-eeuwse regentengezichten. Aan de wand tegenover de schouw hingen sombere Hollandse landschappen met donkere, dreigende luchten.
De oude rechercheur, die een intens bewonderaar was van de lichte en speelse toets van de Franse impressionisten, kon die trieste, neerslachtige, bijna angstaanjagende landschappen niet erg waarderen. Hij draaide zich half om, keek naar André Grubbenvorst en wuifde naar de schilderijen. 'Is dat uw wereld?' vroeg hij met een zweem van verbazing.
De man deed zijn jas uit, drapeerde die over zijn arm en liep op hem toe. Om zijn mond danste een grijns.
'Wat wilt u dat mijn antwoord zal zijn... die landschappen symboliseren niet mijn wereld, maar mijn ziel?'
De Cock ging op de uitdaging niet in.
'Ik ben blij,' sprak hij vriendelijk, 'dat u ons momenten van uw kostbare tijd gunt.'
'U... eh, u drong nogal aan.'
'Mijn excuses,' sprak De Cock verontschuldigend. 'Ik heb wat ervaring... met louter beleefdheid lost men geen moord op.'
André Grubbenvorst keek hem verward aan.
'Ja, ja, dat is waar,' reageerde hij afwezig, 'u sprak van een onderzoek inzake een moord.'
'Op een jonge vrouw.'
André Grubbenvorst knikte.
'Dat heb ik begrepen.' Hij wuifde naar een groepje van vier lederen fauteuils bij de haard. 'Zullen we er bij gaan zitten?' Hij wierp zijn jas met sjaal op een kleine tafel en liet zich in een van de fauteuils zakken. 'Al moet ik u bekennen, dat ik niet vat hoe ik u van dienst zou kunnen zijn.'
De Cock nam tegenover hem plaats. Ook Vledder zocht zich een

fauteuil. De jonge rechercheur toonde tekenen van ongeduld. Hij boog zich iets naar voren. Gepaard met een brede armzwaai keek hij André Grubbenvorst beschuldigend aan. 'Dat kleine wagentje onder het groen, aan de zijkant van uw huis... die rode Fiat Panda... is van haar.'

De directeur knikte vaag.

'Van die vermoorde vrouw?'

'Precies.'

André Grubbenvorst keek hem vragend aan.

'En?'

Het gezicht van Vledder kleurde.

'Hoe komt dat wagentje daar?'

'Door haar achtergelaten.'

'Wanneer?'

'Toen ze de laatste keer hier was.'

Vledder kneep zijn lippen op elkaar.

'Waarom hebt u dat wagentje verborgen?'

André Grubbenvorst keek hem niet begrijpend aan. 'Verborgen?'

'Onder het groen... aan het oog onttrokken.'

Op het gezicht van André Grubbenvorst kwam een glimlach.

'Het stond in de weg. Ik heb een dubbele garage. Ik bezit twee wagens en van beide maak ik gebruik. Die Fiat Panda blokkeerde een van de ingangen. Ik heb toen het wagentje opzij van de oprijlaan onder de laurierkers geplaatst.' Hij glimlachte opnieuw. Hautain. 'Met geen ander doel, dan de ingang van mijn garage weer geheel toegankelijk te maken.' Hij keek Vledder wat spottend aan. 'Als u dat verbergen noemt...'

De jonge rechercheur stond geëmotioneerd op. De neerbuigende toon van André Grubbenvorst trof hem. Om hem van dichtbij met vragen te bestoken, boog hij zich over hem heen. Ineens, met een ruk, kwam hij weer overeind. Met verschrikte ogen keek hij naar De Cock.

'Hij is... eh,' stamelde hij. 'Dat is...'

De Cock stak zijn hand afwerend op en beduidde hem verder te zwijgen. Met een bleek gezicht liet Vledder zich weer in zijn fauteuil zakken. De oude rechercheur toonde een brede glimlach.

'U hebt Mareille van Luxwoude goed gekend?' vroeg hij kalm, beminnelijk.

André Grubbenvorst knikte.

'Ik wist niet, dat ze Van Luxwoude heette. Ik ken haar slechts als Mareille.'
'Hoelang kende u haar al?'
'Nog maar kort. Ik schat een maand of zes.'
'Hoe hebt u haar leren kennen?'
'Via een zakenrelatie... een naam, die ik liever niet noem. Hij recommandeerde haar.'
'Als?'
André Grubbenvorst antwoordde niet direct. Hij sloeg zijn benen over elkaar en leunde ver in zijn fauteuil achterover. 'Als een... eh,' formuleerde hij voorzichtig, 'een intelligente, zeer welgeschapen, gewillige en hartstochtelijke jonge vrouw... kortom, een vrouw, die haar vak verstond.'
'U wist van haar dood... al voor onze komst?'
'Ja, het was mij ter ore gekomen.'
'Van wie?'
'George Brisbane. Hij belde mij op en zei, dat Mareille was vermoord. Ik wist niet goed hoe ik op die mededeling moest reageren. Ik heb hem gevraagd om dat wagentje van haar bij mij weg te halen.'
'Hebt u hem wel eens ontmoet?'
'George Brisbane? Zeker, enkele malen. De betalingen voor de gunsten... de diensten, die Mareille mij verleende, diende ik bij hem aan zijn flat aan de Brouwersgracht in Amsterdam te voldoen.'
'In contanten.'
'Inderdaad.'
'Bent u wel eens in gebreke gebleven?'
'Dat leek mij niet raadzaam.'
'Waarom niet?'
De directeur gebaarde wat triest.
'Ik denk, dat Mareille aan George Brisbane rapporteerde over mijn gedrag.'
'Als cliënt?'
André Grubbenvorst knikte.
'Toen ik enkele weken geleden door reizen en zakelijke beslommeringen met het doen van betalingen wat achterop was geraakt, heeft Mister Brisbane op dat gedrag van mij enige toespelingen gemaakt.'
'Chantage?'
'Niet direct. Ik bedoel; niet in alle duidelijkheid. Het was meer een aansporing om mijn schulden in de toekomst op tijd te voldoen.'

De Cock dacht na; kneep zijn ogen half dicht.
'Die rode Panda, dat wagentje van Mareille, heeft hij blijkbaar niet opgehaald.'
André Grubbenvorst schudde zijn hoofd.
'Dat telefonische onderhoud tussen mij en George Brisbane, verliep niet prettig,' verzuchtte hij.
'In welk opzicht?'
André Grubbenvorst streek met de toppen van zijn vingers langs zijn wang. 'Die Engelsman beschuldigde mij rechtstreeks van moord.'
'De moord op Mareille?'
'Ja.'
'Zomaar? Ik bedoel, had hij gronden voor een dergelijke beschuldiging?' vroeg De Cock.
André Grubbenvorst maakte een hulpeloos gebaartje.
'Volgens hem moest ik haar moordenaar zijn. Ik was haar laatste relatie... de laatste cliënt die zij bezocht.'
De Cock keek hem scherp aan.
'Was dat zo?'
André Grubbenvorst schudde heftig zijn hoofd.
'Dat was niet waar. Ik was niet haar laatste cliënt. 's Morgens tijdens het ontbijt, zei ze, dat ze die middag om drie uur zou worden afgehaald.'
'Hier... vanaf de villa?'
André Grubbenvorst knikte.
'Ze vroeg mij of ze haar wagentje voor een nacht bij mij voor de deur van de garage mocht laten staan. Ze zou het de volgende morgen komen ophalen.'
'En dat vond u goed?'
'Zeker. Waarom niet?'
'Kwam er iemand om drie uur?'
'Ja, exact om drie uur reed er een wagen voor. Mareille deed haar mantel aan en ging naar buiten.'
De Cock keek hem gespannen aan.
'Wie was het... wie kwam haar halen?'
André Grubbenvorst ademde diep. Zijn gezicht zag grauw.
'Dat weet ik niet. Vanuit het raam heb ik niemand kunnen zien. Alleen de wagen... een zwarte Volvo.'

13

Het afscheid van André Grubbenvorst in de hal was koel, gereserveerd en gespannen. Door het elektrisch geopende hek liepen de beide rechercheurs terug naar de dwarslaan. Daar stapten ze zwijgend in hun oude politie-Volkswagen en reden weg. Halverwege draaide Vledder en reed opnieuw naar de Chopinlaan. Bij nummer drie-acht-zeven bracht hij de wagen tot stilstand.
De Cock keek hem verwonderd aan.
'Wat wil je?'
Op het gezicht van de jonge rechercheur lag een ontevreden trek.
'Het verhaal van die André Grubbenvorst zint mij niet.'
De Cock grijnsde.
'Mij ook niet.' Hij schoof zijn dikke onderlip vooruit en nam een korte pauze. 'Al moet ik eerlijkheidshalve zeggen,' ging hij verder, 'dat hij voor die rode Fiat Panda in zijn tuin een plausibele verklaring gaf.' Hij stootte Vledder met zijn elleboog in de zij. 'Kom,' sprak hij berustend, 'rij door. We kunnen hem niet opnieuw lastig vallen... nu niet.'
De jonge rechercheur schakelde met duidelijke tegenzin de wagen in de eerste versnelling en reed langzaam verder. 'Hij weet ervan,' riep hij trillend. 'Mareille van Luxwoude was hier... kort voor haar dood. Dat staat onomstotelijk vast.'
De Cock gniffelde.
'Dat ontkent hij toch niet.'
Vledder trommelde met zijn vuist ritmisch op de rand van het stuur.
'Als André Grubbenvorst haar zelf niet heeft vermoord, dan weet hij exact wie voor haar dood verantwoordelijk is.'
De Cock snoof.
'Dat zul je moeten bewijzen.'
De jonge rechercheur wond zich zichtbaar op. Zijn gezicht kleurde.
'Het klopt niet,' sprak hij verbeten.
'Wat niet?'
Vledder zwaaide heftig.
'Van die zwarte Volvo. Dat kan helemaal niet.' Hij blikte opzij.
'Jouw Sandra...'
De Cock protesteerde.
'Houd nu eens op met 'jouw Sandra',' sprak hij met enige ergernis.

'Ze is 'mijn' Sandra niet. Het is een verrekt lieve meid, maar daar is niets van mij bij.'
Vledder reageerde kwaad.
'Oké,' riep hij gepikeerd, 'dan niet 'jouw' Sandra.' Hij veranderde van toon. 'Dat meisje zag op de vluchtstrook het lijk van Mareille van Luxwoude op de achterbank van... een lichtblauwe metallic Mercedes. Eerst de volgende dag vinden we een dode Mareille van Luxwoude op de parkeerplaats in Amsterdam bij het Havengebouw in... een zwarte Volvo.'
De Cock knikte.
'En de lichtblauwe metallic Mercedes,' vulde hij aan, 'wordt door de politie in Hilversum op onze aanwijzingen teruggevonden nabij de plek, vanwaar een dag tevoren die zwarte Volvo was gestolen.'
Vledder grinnikte vreugdeloos.
'Begrijp je... als André Grubbenvorst had verklaard, dat Mareille van Luxwoude in een lichtblauwe metallic Mercedes bij zijn villa was afgehaald, dan had ik daar nog vrede mee kunnen hebben.' Hij schudde zuchtend zijn hoofd. 'Maar een zwarte Volvo... nee.'
De Cock keek naar zijn jonge collega op.
'Je bedoelt te zeggen, dat André Grubbenvorst een fase overslaat?'
Vledder knikte nadrukkelijk.
'Precies,' riep hij heftig. 'De voor ons zo belangrijke fase van de lichtblauwe Mercedes. André Grubbenvorst wil ons doen geloven, dat Mareille van Luxwoude bij hem werd afgehaald door dezelfde wagen als waarin zij vermoord werd aangetroffen. De fase van de lichtblauwe Mercedes slaat hij bewust over.' Hij zweeg even. Een diepe denkrimpel ontsierde zijn voorhoofd. 'Hebben wij aan George Brisbane verteld, dat de vermoorde Mareille in een zwarte Volvo lag?'
De Cock schudde zijn hoofd.
'Wij hebben met hem helemaal niet over een wagen gesproken. George Brisbane heeft ook helemaal niet naar de vindplaats van het lijk gevraagd. Hij vroeg alleen hoe Mareille om het leven was gekomen.'
Vledder knikte.
'Dat is waar. En toen jij zei: gewurgd... met de handen, noemde hij spontaan André Grubbenvorst als haar moordenaar.'
'Exact.'
Vledder verschoof iets op zijn stoel. Zijn ogen glansden. De jonge

rechercheur was duidelijk vol geestdrift bij de zaak. 'In dat... eh, volgens André Grubbenvorst niet zo prettig verlopen telefoongesprek, waarin George Brisbane hem berichtte, dat Mareille was vermoord, kon de Engelsman dus nooit van een zwarte Volvo hebben gesproken.' Hij blikte opzij naar De Cock. 'Of stond het in de krant?'
De oude rechercheur schudde zijn hoofd.
'Ik ben mij van het begin af aan voortdurend bewust geweest van het gevaar dat Sandra liep. Let wel, ze is ook nu voor ons nog steeds de enige, die kan getuigen, dat het lijk van Mareille van Luxwoude in de lichtblauwe Mercedes lag. Om haar tegen de moordenaar te beschermen heb ik de vindplaats van het slachtoffer... de zwarte Volvo... buiten het persbericht gehouden.'
'Dat is achteraf knap van je.'
'Dank je.'
Vledder stak zijn kin iets omhoog.
'Maar waar haalt André Grubbenvorst dan zijn wetenschap vandaan? Met andere woorden... hoe wist hij van een zwarte Volvo?'
De Cock haalde zijn schouders op.
'Uit zijn eigen waarneming? Misschien sprak hij wel de waarheid?'
De jonge rechercheur keek hem fronsend aan.
'Je bedoelt,' sprak hij ongelovig, 'dat André Grubbenvorst werkelijk zag, dat Mareille door een zwarte Volvo werd afgehaald?'
De Cock wuifde voor zich uit.
'Wie zal het zeggen? We weten nog zo weinig. Misschien zijn er wel meer zwarte Volvo's in het spel.'
Vledder schudde resoluut zijn hoofd.
'André Grubbenvorst liegt.' Ineens schokte hij en liet het stuur enige seconden los. De oude Volkswagen slingerde en raakte bijna van de weg. 'Heb je het gezien?' riep hij geëmotioneerd. 'Heb je gezien wat hij op de rug van zijn hand had?'
De Cock knikte bedaard.
'Een tatoeage... in blauw en rood... een bundel pijlen in een klauw.'

Via Diemen en de Hartveldsebrug reden ze met een matig gangetje Amsterdam binnen. Vledder schoof de mouw van zijn colbert iets terug en keek op zijn horloge.
'Het is al over twaalf,' stelde hij vast. 'Zal ik je naar huis brengen?'

De Cock schudde zijn hoofd.
'Ik wil eerst nog even terug naar de Kit. Misschien is er nieuws.'
Vledder geeuwde.
'Ik heb slaap.'
De Cock keek lachend naar hem op.
'Ik vond je op de terugweg anders bijzonder helder... voor jouw doen.'
'Stik.'
Grinnikend liet De Cock zich onderuitzakken. Toen ze voorbij het Ajax-stadion reden, drukte hij zich weer iets omhoog. De herinnering aan de mysterieuze lifter drong zich sterk aan hem op. 'Het kan toch geen toeval zijn?' Het was een hardop uitgesproken gedachte.
'Wat niet?'
De Cock maakte een wrevelig gebaartje.
'Die tatoeage... we zijn in dit onderzoek nu al drie kerels tegengekomen met dezelfde vreemde tatoeage.' Hij beet peinzend op zijn onderlip. 'Daar is iets mee. Dat moet iets betekenen.'
Vledder reageerde niet. Hij loodste de oude Volkswagen via de Plantage Middenlaan, de Muiderstraat en een reeks smalle grachtjes naar de Warmoesstraat. Daar parkeerde hij de wagen nabij de ingang van het politiebureau.
De beide mannen stapten wat verkreukeld uit en sjokten de hal van het bureau binnen. Er was een rumoerige drukte aan de balie. Een paar heftig gesticulerende kleurlingen probeerden Jan Kusters met een stortvloed van vreemde keelklanken iets duidelijk te maken. Toen de brigadier de oude rechercheur in het oog kreeg, wenkte hij hem over de kroezige hoofden naderbij.
De Cock liep op hem toe.
'Wat is er?' riep hij boven het rumoer uit.
De wachtcommandant wees omhoog.
'Boven zit een vrouw op je te wachten. Al meer dan een uur. Ik heb haar gezegd, dat het helemaal niet zeker was of je vanavond nog aan het bureau zou terugkomen, maar ze wilde van geen wijken weten.'
De Cock keek hem vragend aan.
'Wie is het... hoe heet ze?'
Jan Kusters graaide een notitie van zijn bureau.
'Adèle,' las hij, 'Adèle Wildenborch.'

De Cock hield de deur van de recherchekamer voor haar open en

leidde haar naar de stoel naast zijn bureau.
'Gaat u zitten,' sprak hij vriendelijk. 'Het spijt mij, dat ik u zo lang heb laten wachten.' Hij nam achter zijn bureau plaats. 'Maar ik wist niet, dat u zou komen. U had uw bezoek niet gemeld.'
Adèle Wildenborch schudde haar hoofd.
'Ik neem u ook niets kwalijk. Zelfs als u in het geheel niet was gekomen.'
De Cock glimlachte.
'Was u dan de hele nacht op de bank in de gang blijven zitten?'
Adèle Wildenborch knikte.
'Ik was blijven zitten.'
Het klonk bitter.
De Cock liet zijn blik op haar rusten. Hij schatte haar op midden vijftig. Ze had nog een goed, bijna jeugdig figuur, maar de lijnen van het gezicht gaven de jaren duidelijk aan. Onder een geringe make-up schemerde een grauwe huid. De trekken rond neus en mond waren hard en scherp. Bovendien gaf de felle roestkleur, waarin haar haren waren geverfd, aan de starre verbetenheid die het gezicht uitstraalde, een extra accent.
'U... eh, u hecht blijkbaar nogal waarde aan dit onderhoud.'
Adèle Wildenborch knikte nadrukkelijk.
'Hij mag dit keer zijn gerechte straf niet ontlopen.'
'Wie niet?'
Adèle Wildenborch perste haar lippen op elkaar. De lijnen bij haar neus en mond leken nog dieper, nog scherper. 'George,' siste ze tussen haar tanden, 'George Brisbane.' Ze ademde diep. 'U weet wie ik ben?'
De Cock knikte traag.
'Adèle Wildenborch,' sprak hij kalm. 'En naar ik aanneem... de moeder van Lucienne Wildenborch.'
Ze stak haar kin vooruit en knikte opnieuw.
'Inderdaad... de moeder van Lucienne. U weet hoe ze om het leven kwam... drie jaar geleden?'
De Cock ontweek haar blik. Hij vond het nooit prettig als mensen een soort verhoortechniek op hem toepasten.
'Ze werd vermoord,' sprak hij onwillig.
'Juist, net als Mareille.'
De Cock keek naar haar op.
'U hebt Mareille gekend?'

Adèle Wildenborch schudde haar hoofd.
'Ik heb haar nog nooit ontmoet. In persoon, bedoel ik. Toen ik na de dood van Lucienne hoorde, dat die smeerlap van een Brisbane weer een vrouw had die voor hem werkte, heb ik haar opgebeld. Ik vond dat mijn plicht. Ze zei me toen, dat ze Mareille heette. Ze heeft mij ook haar achternaam genoemd, maar die ben ik vergeten. Ik heb haar verteld hoe mijn Lucienne om het leven kwam en ik heb haar ernstig gewaarschuwd, dat haar mogelijk hetzelfde lot wachtte.'
'En?'
Adèle Wildenborch schonk hem een wrange glimlach.
'Ach,' sprak ze gelaten, 'die meiden willen niet luisteren. Dat wilde Lucienne ook niet. Ze willen eerst alles zelf ondervinden. Maar toen ik George Brisbane eenmaal had ontmoet, wist ik al wat voor een soort man hij was.' Ze zweeg even en schudde afkeurend haar hoofd. 'Ze laten in dit land iedereen maar binnen. Dat is de fout. Weet u, dat George Brisbane in Engeland al een keer is veroordeeld?'
De Cock schudde zijn hoofd.
'Dat wist ik niet.'
Adèle Wildenborch schikte iets aan haar rok.
'Voor souteneurschap. Hij had daar ook al een vrouw die voor hem op pad ging. Een vriend van mij, die regelmatig voor zaken in Londen komt, heeft dat voor mij onderzocht. Dat was kort voordat Lucienne met George ging samenwonen.' Ze keek De Cock vragend aan. 'Hoe werd die Mareille vermoord?'
'Ze werd gewurgd.'
Adèle Wildenborch knikte met een strakke mond.
'Dat dacht ik wel... net als Lucienne. Zeker ook in een auto achtergelaten?'
'Inderdaad.'
Adèle Wildenborch snoof verachtelijk.
'Dan wordt het toch tijd, dat jullie hem oppakken.' Ze zwaaide strijdlustig. 'Of moeten er nog meer jonge vrouwen het slachtoffer worden van zijn moordlust?'
De grijze speurder kneep zijn ogen even dicht. De felle, agressieve houding van de vrouw bezorgde hem een onaangenaam gevoel. Op zijn lippen brandde een scherpe opmerking, maar hij bedwong zich.
'De Nederlandse wetgeving vraagt om deugdelijke bewijzen,' sprak hij geduldig. 'Aan toevalligheden en vage beschuldigingen heb ik

niets.' Hij zuchtte diep. 'Ik neem aan, dat u destijds ook aan de politie in Hilversum uw... eh, uw bezwaren jegens George Brisbane kenbaar hebt gemaakt?'
Adèle Wildenborch schudde haar hoofd. Voor het eerst tijdens het onderhoud toonde ze enige onzekerheid. Ze liet haar hoofd iets zakken en er kwamen tranen in haar ogen. 'Dat... eh, dat heb ik niet gedaan.' Ze boog zich voorover en tilde een tasje, dat naast haar stoel stond, op haar schoot, deed het open en nam daaruit een foto. Met een teder gebaar legde ze die voor de grijze speurder neer. 'Zo was ze... mijn Lucienne... een knap en lief kind.'
De Cock bekeek de foto aandachtig. Er vielen hem gelijkenissen op... gelijkenissen met Mareille van Luxwoude. Eenzelfde sensuele mond, eenzelfde lange, opvallend slanke hals. De haardracht was anders. Ook de lijnen rond de mond en de neus waren afwijkend. Hij pakte de foto op en gaf het portretje aan de moeder terug. 'Waarom...' vroeg hij, 'waarom hebt u destijds de politie in Hilversum niet ingelicht?'
Adèle Wildenborch deed de foto weer in haar tasje.
'Drie jaar geleden,' sprak ze zacht, 'was ik een andere vrouw. Ik was door de dood van Lucienne zo getroffen, zo terneergeslagen, dat ik niets heb ondernomen... totaal niets. Wat geeft het, dacht ik toen... daar heb je je kind niet mee terug.' Ze bewoog haar hoofd heen en weer. 'Ik was ook nu niet gekomen als... als dat met die Mareille niet was gebeurd.' Ze keek met een betraand gezicht naar De Cock op. 'Ik weet niet over welke aanwijzingen u nu beschikt... maar mijn Lucienne wist, dat ze zou worden vermoord.'
De Cock trok diepe rimpels in zijn voorhoofd.
'Ze wist het?'
Adèle Wildenborch knikte vaag.
'Ze heeft het mij gezegd... een dag voor haar dood. Moeder, zei ze... George... George wil een eind aan mijn leven maken.'

14

De Cock stapte op het Stationsplein uit een overvolle tram en sjokte te midden van de stroom bus-, tram- en treinreizigers naar het brede trottoir van het Damrak. Hij realiseerde zich, dat dit alweer de derde dag werd van zijn onderzoek naar de wurgmoord op Mareille van Luxwoude.
Hoewel hij over de dader en zijn motieven nog steeds volkomen in het duister tastte, had hij toch niet het gevoel, dat de zaak hem ontglipte. De vreemde, wat bizarre tatoeages op de handen van zakenlieden, bij wie het zich laten tatoeëren geen traditie kent, hadden hem een tijdlang uit de slaap gehouden. Met de bundel pijlen in een klauw op zijn netvlies was hij uiteindelijk toch in slaap gesukkeld.
Hij keek om zich heen naar het hem zo vertrouwde beeld van het Damrak, de witte rondvaartboten, de masten met wapperende vlaggen, de schoongespoten beurs. Over zijn lippen gleed een glimlach. Hoe vaak was hij hier over het trottoir geslenterd, op weg naar de Warmoesstraat, zijn hoofd vol van gedachten over de moord die hem bezighield. Hij grinnikte om de zelfspot. Rechercheur van politie... wat een vak.
Hij liep de hal van het bureau binnen, groette in het voorbijgaan Meindert Post, de oude Urker wachtcommandant en besteeg de trappen naar de tweede etage. Toen hij de grote recherchekamer binnenstapte, zag hij Vledder al achter zijn elektrische schrijfmachine zitten. De grijze speurder hing zijn oude regenjas en hoedje aan de kapstok en wandelde naar zijn bureau.
'Goedemorgen.'
Vledder keek op.
'Je bent weer laat.'
De Cock wees naar de klok aan de muur.
'Half tien... een christelijke tijd voor een oude man.'
De jonge rechercheur zwaaide naar de deur.
'Je moet onmiddellijk bij Buitendam komen. De commissaris stond vanmorgen al om kwart voor negen bij mij en vroeg waar je was.'
De Cock grijnsde.
'Een domme vraag. Voor negenen ben ik er niet. Zeker niet, als ik de avond daarvoor nog laat op pad ben geweest. Ik kan mij niet, zoals

hij, een vaste nachtrusttijd veroorloven.'
Het klonk pinnig.
Vledder trok een bedenkelijk gezicht.
'Doe kalm aan,' sprak hij sussend. 'Ik weet niet wat je bezielt. Telkens als de commissaris wat met je wil bespreken, gaan bij jou je nekharen bij voorbaat al recht overeind staan.'
De oude rechercheur negeerde de opmerking.
'Heeft hij gezegd waarover hij met mij wil praten?'
Vledder schudde zijn hoofd.
'Ga nou maar. Als je straks terugkomt, heb ik nog een paar verrassingen voor je in petto.'
De Cock draaide zich om en liep de kamer af.

Commissaris Buitendam, de lange, statige chef van het bekende politiebureau aan de Amsterdamse Warmoesstraat, wenkte met een slanke hand.
'Kom binnen, De Cock,' sprak hij geaffecteerd, 'en ga zitten.' Hij kwam achter zijn bureau vandaan en gebaarde uitnodigend naar het zitje van stalen meubelen bij het raam, waar de commissaris slechts zijn prominente gasten ontving.
De grijze speurder trok zijn gezicht in een onwillige plooi. Nors, ontoegankelijk. Toenaderingen van zijn chef wees hij in de meeste gevallen koel en hooghartig van de hand. Hij had geen hekel aan zijn commissaris, maar leefde met hem toch op enigszins gespannen voet. De Cock hield dat graag zo, beducht voor elke inmenging in zijn wijze van onderzoek.
'Als het u hetzelfde is... ik blijf liever staan.'
Op het bleke gezicht van de commissaris kwam een lichte blos.
'Zoals je wilt.' Hij liep terug naar zijn bureau en nam wat stijfjes plaats.
'Jij houdt je bezig met de wurgmoord op een vrouwtje van lichte zeden?'
Het klonk wat neerbuigend.
De Cock knikte.
'Mareille van Luxwoude... zo heet ze.'
Commissaris Buitendam kuchte.
'Vanmorgen, ruim voor achten, had ik Mr. Schaaps, onze Officier van Justitie, al aan de telefoon.'
De Cock reageerde quasi verwonderd.

'Is die man al zo vroeg op?'
Buitendam keek hem bestraffend aan.
'Dat is een ongepaste opmerking, De Cock. Mr. Schaaps is altijd zeer attent... op elk uur van de dag.'
De oude rechercheur liet als teken van berouw zijn grijze hoofd iets zakken. 'Dat... eh, dat telefoontje had betrekking op mijn onderzoek?'
Commissaris Buitendam strekte zijn wijsvinger naar hem uit. 'Inderdaad, jouw onderzoek. Mr. Schaaps is gisterenavond laat nog benaderd door de heer André Grubbenvorst uit Hilversum, directeur van European Technics. De heer Grubbenvorst had zijn bezorgdheid uitgesproken over jouw wijze van optreden.'
'Bezorgdheid?'
'Hij had jou en Vledder aangetroffen op zijn privé-terrein... zonder, dat hij jou daar toestemming voor had gegeven en zonder dat jij hem enig bevel of last kon tonen, waaruit kon blijken, dat aan jou die toestemming op een of andere wijze was verleend.'
De Cock glimlachte.
'De heer Grubbenvorst heeft mij niet naar een last gevraagd.' Hij gniffelde. 'Daartoe heb ik hem de kans niet gegeven. Bovendien stond op zijn privé-terrein, inzake de moord op Mareille van Luxwoude, zeer belastend materiaal.'
'Wat voor materiaal?'
'Haar auto... de auto, waarmee zij vermoedelijk naar haar moordenaar is gereden. Voordat de heer Grubbenvorst, of wie dan ook, dat belastende materiaal aan mijn nasporingen kon onttrekken, heb ik ingegrepen. Ik heb samen met Vledder vastgesteld, dat het inderdaad de wagen van de vermoorde was en straks zal ik hem laten zekerstellen.'
Commissaris Buitendam keek hem onderzoekend aan.
'Hoe wist je, dat het wagentje daar stond?'
De Cock glimlachte opnieuw.
'Ik zag het vanaf de openbare weg.'
Commissaris Buitendam wond zich zichtbaar op.
'Dat is een leugen,' riep hij fel. 'Een pure leugen... een leugen, die jij ook gisterenavond al hebt gebracht. Volgens de heer Grubbenvorst stond de auto zo ver onder het groen, dat hij vanaf de openbare weg niet zichtbaar was.'
De Cock bleef glimlachen.

'Ik zag hem.'
Het gezicht van de commissaris kleurde donkerrood.
'Dat was onmogelijk... zeker op dat uur.'
De Cock maakte een hulpeloos gebaartje.
'Dat is de mening van de heer Grubbenvorst. Maar hij onderschat mijn waarnemingsvermogen. Mijn oude moeder meende al, dat ik katteogen had.'
Commissaris Buitendam brieste.
'Dat... eh, dat is een bedenkelijk grapje.'
De Cock knikte traag.
'Mogelijk,' sprak hij kalm, gelaten, 'maar ik acht het bedenkelijk, dat een commissaris van politie en een Officier van Justitie zich beiden, zonder enig voorbehoud, aan de zijde van een vermoedelijke moordenaar scharen.'
Commissaris Buitendam kwam met een ruk uit zijn stoel overeind en wees trillend met zijn hand naar de deur.
'Eruit.'
De Cock ging.

Vledder keek hem schattend aan.
'Was het weer zover?'
De Cock schudde verontwaardigd zijn hoofd.
'Die man kan geen gesprek voeren. Als het onderhoud niet naar zijn wens verloopt, dan schreeuwt hij je de kamer uit.' De grijze speurder liet zich in zijn stoel zakken. 'Ik word al dat gedoe zo langzamerhand zat. Waar gaan wij op die manier naar toe? Wanneer een of andere autoriteit of vooraanstaand zakenman maar even zijn bezorgdheid uitspreekt, sta je als politieman al in de beklaagdenbank.'
'Wie was er bezorgd?'
'Grubbenvorst... over ons optreden van gisterenavond.'
'Wat mankeerde daar aan?'
'We hadden niet in zijn tuin mogen komen.'
Vledder trok zijn gezicht strak.
'Hij moet voorzichtig zijn, anders arresteren wij hem vandaag nog terzake moord.'
De Cock trok zijn wenkbrauwen op.
'Grubbenvorst?'
Vledder knikte.
'Ik zei toch, dat ik een paar verrassingen voor je in petto had? Wel, ik

heb vanmorgen eerst een paar nalatigheden van mij goedgemaakt.'
'Welke?'
De jonge rechercheur gebaarde naar de telefoon.
'Ik heb de kentekens opgevraagd van de Zwarte Volvo en de lichtblauwe Mercedes.'
'En?'
Vledder raadpleegde zijn aantekeningen.
'De zwarte Volvo, type 740 Gl, staat op naam van de heer Petrus Johannes Terschuur, woonachtig in Hilversum. Hij deed eergisteren, 's morgens, zo rond de klok van tien uur, bij de politie in Hilversum persoonlijk aangifte van diefstal.'
'Dat was dus ruim voor wij het lijk van Mareille in zijn wagen ontdekten.'
'Inderdaad.'
'En de Mercedes?'
Vledder grijnsde.
'Staat op naam van... European Technics Corp., gevestigd in Amsterdam aan de Prinsengracht dertienhonderdenzeventig tot zesenzeventig.'
'De onderneming van Grubbenvorst.'
Vledder knikte.
'Ook de Mercedes werd als gestolen opgegeven. Dat gebeurde op dezelfde dag hier in Amsterdam bij het politiebureau aan de Lijnbaansgracht.' Hij zweeg even. 'En raad eens wie de aangifte deed?'
De Cock trok zijn schouders op.
'Zeg het maar,' bromde hij. 'Ik houd niet zo van raadseltjes.'
De jonge rechercheur boog iets naar hem toe.
'Janszen... Simon Janszen met eszet.'
De grijze speurder keek zijn jonge collega verbijsterd aan. Het duurde enige tijd voor hij de mededeling had verwerkt. Met zijn vlakke hand klapte hij op het blad van zijn bureau. 'Dan had onze Sandra Verloop toch gelijk,' riep hij blij verrast. 'De man, die haar van het Stationsplein naar het Slotervaart Ziekenhuis bracht, was geen taxichauffeur.'
Vledder keek hem verward aan.
'Waarom presenteerde hij zich dan als zodanig? Dat moet hij bij het Slotervaart Ziekenhuis hebben gedaan... anders had men de vader van Sandra niet over een taxichauffeur kunnen berichten... en hij deed het bij ons.'

De Cock wreef nadenkend over zijn kin.
'Ik denk, dat de heer Janszen die hoedanigheid de beste camouflage achtte om zijn aanwezigheid op het Stationsplein te verklaren.'
De blik van Vledder verduisterde. 'Dat begrijp ik niet.'
'Simon Janszen was onmiddellijk ter plekke toen Sandra door onze geheimzinnige lifter werd neergeslagen. Voor een Amsterdamse taxichauffeur was dat heel verklaarbaar, heel plausibel.'
Vledder schudde zijn hoofd.
'Het is mij nog niet duidelijk,' reageerde hij opstandig. 'Er lopen zoveel mensen op het Stationsplein. Zeker zo rond de klok van zes uur. Je kan dan bijna over de hoofden lopen. Simon Janszen had helemaal geen camouflage nodig. Hij kon gewoon een man zijn, die daar liep en de mishandeling zag gebeuren.'
'Waarna hij Sandra de helpende hand reikte.'
'Precies.'
'Met zijn wagen in de buurt?'
'Dat kan toch?'
De Cock drukte zijn wijsvinger tegen zijn neus.
'Wie is Janszen? Wie is Simon Janszen nu in werkelijkheid?'
Vledder zuchtte.
'De man, die eergisteren bij het bureau Lijnbaansgracht aangifte deed van diefstal van de lichtblauwe metallic Mercedes... de wagen, waarin Sandra Verloop het lijk van Mareille van Luxwoude zag.'
'Heel goed. En wat is jou vanmorgen gebleken?'
'Dat het kenteken van de lichtblauwe Mercedes op naam staat van European Technics Corp., aan de Prinsengracht in Amsterdam.'
De Cock glimlachte. 'Hoe kon Simon Janszen van de diefstal van de Mercedes aangifte doen?'
'Als hij daartoe was gerechtigd.'
'Door wie?'
'European Technics.'
De Cock grinnikte.
'Zo simpel is het. Ik ben er vrijwel van overtuigd, dat Simon Janszen in dienst is van die onderneming... vermoedelijk als chauffeur. En als hij in dienst is van die onderneming, dan is hij ook in dienst van...'
De ogen van Vledder lichtten op.
'André Grubbenvorst.'

15

De Cock dacht even na, stond toen van zijn stoel op en slenterde naar de kapstok.
Vledder liep hem na.
'Waar ga je naar toe?'
De grijze speurder draaide zich half om.
'Ik ga niet alleen,' sprak hij lachend. 'Jij gaat mee.'
'Waarheen?'
'Hilversum.'
De jonge rechercheur keek hem vol verwachting aan.
'Gaan we hem arresteren... terzake moord?'
'Wie?'
'André Grubbenvorst.'
De Cock wurmde zich in zijn vettige regenjas.
'Dat is veel te vroeg,' antwoordde hij hoofdschuddend. 'Daarvoor is de tijd nog niet rijp. Als ik hem nu arresteer, dan heb ik onmiddellijk een troep dure advocaten op mijn nek en loopt hij binnen een paar uur weer vrij rond.'
Vledder keek hem verwonderd aan.
'Wat wil je dan in Hilversum?'
De grijze speurder zette zijn vilten hoedje op.
'Een praatje maken met Petrus Johannes Terschuur.'
'De eigenaar van de zwarte Volvo?'
De Cock dreunde de kamer af.
'Ik vertrouw in deze zaak niemand meer.'

Vledder manoeuvreerde de politie-Volkswagen behendig door het drukke stadsverkeer. Het was droog en zo nu en dan brak de zon door. Op de kleine keitjes van de Dam voerde een bebaarde man de duiven. Ze fladderden om zijn handen. Een duif, boven op zijn slappe strooien hoed, keek belangstellend toe.
De Cock blikte om zich heen. Hij hield van Amsterdam met haar vreemde, cosmopolitische en bovenal eigenzinnige bevolking.
Hij boog zich naar Vledder.
'Ik heb liever niet, dat je via de Middenweg de stad uit rijdt. Neem de Wibautstraat.'
'Waarom?'

De oude rechercheur knorde.
'Telkens als we langs het Ajax-stadion rijden, krijg ik de kriebels.'
Vledder lachte vrijuit.
'Zit het je nog steeds niet lekker, dat je die vent hebt laten lopen?'
De Cock schoof zijn hoedje wat naar voren en wreef zich achter in zijn nek. 'Wie weet,' sprak hij vaag, 'hoe dicht ik toen bij de oplossing was. Als ik maar even met die vent had kunnen praten... al was het maar voor vijf minuten.'
'Het kan nog... als we hem vinden.'
De Cock knikte traag voor zich uit.
'Als we hem vinden,' herhaalde hij.
Ze reden een tijdje zwijgend voort. Beiden verzonken in hun eigen gedachten. Het was Vledder, die het zwijgen verbrak.
'Ik... eh, ik wil nog even terugkomen,' sprak hij peinzend, 'op die... eh, die Simon Janszen.'
'Onze pseudo-taxichauffeur?'
Vledder knikte met een ernstig gezicht.
'Dat snap ik nog steeds niet helemaal.'
'Wat is onduidelijk?'
De jonge rechercheur krabde met zijn linkerhand over zijn voorhoofd. 'Jij zei,' memoreerde hij, 'dat Simon Janszen de hoedanigheid van taxichauffeur blijkbaar een goede camouflage vond om zijn aanwezigheid op het Stationsplein te verklaren... en dat, zo legde je later uit... om zijn persoonlijke relatie tot European Technics Corporation... in casu... André Grubbenvorst te verhullen.'
De Cock knikte instemmend.
'En dat niet alleen.'
Vledder blikte even opzij.
'Wat dan nog meer?'
De grijze speurder antwoordde niet direct. Hij drukte zich iets omhoog en draaide zijn zwaar bovenlijf in de richting van zijn jonge collega.
'Waarom,' vroeg hij, 'was Janszen daar?'
Vledder maakte een lichte schouderbeweging.
'Waarom? Toevallig?'
Het klonk onzeker.
De Cock schudde zijn hoofd.
'Als hij toevallig op dat uur op het Stationsplein was geweest en toevallig de mishandeling van Sandra Verloop had gezien, dan had

hij de camouflage van taxichauffeur niet nodig gehad.' De grijze speurder ademde diep. 'Nee, Simon Janszen was daar niet toevallig. Hij was daar voor een missie... een opdracht.'
Vledder reageerde verrast.
'Wat voor een opdracht?'
De Cock strekte gebarend zijn rechterwijsvinger naar zijn jonge collega uit. 'Een opdracht, waarvan niemand iets mocht ervaren... naar mijn stellige overtuiging... een persoonlijke opdracht van André Grubbenvorst om...' Hij zweeg even voor het effect. '... om de gangen van onze mysterieuze lifter na te gaan... om te zien waar hij heen ging... wat hij deed.'
Vledder knikte ongelovig. 'Hoe kom je tot die conclusie?'
De Cock spreidde zijn beide handen.
'Het is de enige conclusie, waartoe ik kan komen. Het verklaart waarom Simon Janszen op dat uur op het Stationsplein was... het verklaart waarom hij onmiddellijk na de mishandeling Sandra weer op de been kon helpen... waarom hij in de directe omgeving een auto ter beschikking had en waarom hij zich later als taxichauffeur presenteerde.' Hij stak zwaaiend zijn arm omhoog. 'Het pleit voor hem, dat hij na de mishandeling de hulp aan Sandra boven het volbrengen van zijn missie stelde en haar naar het Slotervaart Ziekenhuis bracht. Hoe groot zijn aandeel in deze affaire ook moge zijn... dat zal ik zeker in mijn herinnering houden.'
Vledder klapte op het dashboard.
'Maar waarom... waarom zou André Grubbenvorst jouw geheimzinnige lifter laten schaduwen?'
De Cock draaide zijn bovenlijf terug en liet zich onderuitzakken. 'Onenigheid... tegengestelde belangen. En vraag mij niet hoe of wat, want dat weet ik niet.' Hij zweeg een paar seconden. 'En dan is er nog iets dat mij puzzelt... waarom openbaarde Simon Janszen ons, dat de man die Sandra sloeg, een tatoeage had... een hele opmerkelijke tatoeage?'

Ze reden langs het omvangrijke omroepcomplex van de Nederlandse Omroep Stichting verder Hilversum in. De Cock drukte zich weer wat omhoog.
'Heb je het adres van die Terschuur?'
Vledder pakte een notitieblaadje uit het borstzakje van zijn colbert en gaf het aan De Cock. 'Kijk maar. Ik dacht Schubertlaan zeven-drie-vijf.'

De Cock ontcijferde het krabbelige handschrift.
'Het klopt,' sprak hij tevreden. 'Schubertlaan.' Hij keek belangstellend naar de huizen en villa's die aan hen voorbijgleden. 'Die Alex van Waardenburg woonde toch ook in Hilversum?'
Vledder knikte.
'Aan de Beethovenlaan... niet ver van André Grubbenvorst.'
De Cock grinnikte.
'De moord op Mareille van Luxwoude lijkt een volkomen Hilversumse affaire te worden.'
Vledder bromde aan zijn stuur.
'Vergeet George Brisbane niet. En wie weet waar jouw geheimzinnige lifter woont?' Hij blikte even opzij. 'Ik vind toch, dat wij die George Brisbane nog eens nader moeten bekijken. Als hij, zoals moeder Wildenborch veronderstelt, was betrokken bij de moord op haar Lucienne, dan is het zeker niet denkbeeldig, dat hij ook de dood van Mareille op zijn geweten heeft. Bedenk... hij heeft een motief.'
'Je bedoelt het feit, dat Mareille plannen had om hem te verlaten?'
Vledder knikte nadrukkelijk.
'Als George Brisbane, zoals wij vermoeden, zich inderdaad van gore chantagepraktijken bedient, dan is het uiterst gevaarlijk om aan een niet geheel betrouwbare compagnon gekoppeld te zijn.'
De Cock trok een bedenkelijk gezicht.
'George Brisbane is een sluwe vogel. Ik denk niet, dat we gemakkelijk bewijzen tegen hem zullen vinden. Bovendien... een chanteur is zelden een moordenaar.' De oude rechercheur schudde zijn hoofd. 'Voorlopig houd ik mijn blik op Hilversum gericht.'
Vledder bracht de Volkswagen aan de rand van een laan tot stilstand.
De Cock blikte door de zijruit.
'Is het hier?'
Vledder duimde over zijn schouder.
'We zijn er al voorbijgereden.'
Ze stapten uit en liepen terug.
Bij zeven-drie-vijf bleven ze staan en verkenden de omgeving. Een tiental meters van de weg lag een prachtige villa met een ver overstekend rieten dak. De Cock gebaarde voor zich uit en liep meteen door.
'Dit moet het zijn.'
Vledder liep hem na.
Voor de toegangsdeur bleven ze opnieuw staan. Midden op het

donkere eiken prijkte een koperen plaat met 'Petrus J. Terschuur' in verzonken schoolschrift. Met zichtbaar plezier rukte De Cock aan een glimmende koperen kogel.
Ergens in het inwendige van de villa rinkelde een bel.
Na een volle minuut werd de deur geopend door een keurige jonge vrouw in een stemmige, hooggesloten japon. Ze keek de beide rechercheurs vragend aan.
De Cock lichtte zijn hoedje.
'Wij wilden graag een gesprekje met de heer Terschuur. Inzake een zwarte Volvo.'
De jonge vrouw blikte nog eens wantrouwend van De Cock naar Vledder en terug.
'Wie kan ik zeggen dat er is?'
De Cock glimlachte beminnelijk.
'Politie.'
Het woord 'politie' bracht bij de jonge vrouw geen verwondering. Ze deed de toegangsdeur verder open en gebaarde uitnodigend. 'Als de heren even in de hal willen wachten, dan zal ik meneer waarschuwen.' Ze trippelde weg.
Enige minuten later kwam van een trap, rechts van de hal, een man op hen toe. Hij was lang, slank, grijs en statig. De Cock schatte hem op rond de zestig. Boven een paar leren pantoffels droeg hij een antracietgrijze pantalon en een zwart fluwelen jasje met borduursels. Joviaal, met een brede grijns om zijn mond, schudde hij de rechercheurs de hand. Daarna richtte hij zich tot De Cock.
'U hebt mijn wagen teruggevonden?'
De Cock knikte traag.
'Inderdaad. In Amsterdam, op de grote parkeerplaats bij het Havengebouw.'
De statige man glimlachte.
'Dat is knap werk van de politie,' riep hij verheugd. 'Is de wagen erg beschadigd?'
De Cock schudde zijn hoofd.
'Uw wagen is in het geheel niet beschadigd,' antwoordde hij achteloos. 'U zult alleen de vlekken van het achtergebleven aluminiumpoeder moeten laten verwijderen.'
De heer Terschuur keek hem wat verward aan.
'Aluminiumpoeder?'
'Ja, van onze dactyloscoop. Nadat wij op de achterbank van uw

wagen een dode vrouw hadden aangetroffen, heeft hij uw Volvo op mogelijke vingerafdrukken onderzocht.'
De heer Terschuur keek hem geschrokken aan.
'Lag, lag,' stotterde hij, 'lag er een dode vrouw in mijn wagen?'
De Cock liet zijn hoofd iets zakken en bracht zijn gezicht in een ernstige plooi. 'Een dode vrouw,' herhaalde hij somber. Hij blikte even om zich heen. 'Misschien heeft u een plek, waar wij dit onderhoud rustig kunnen voortzetten?'
De heer Terschuur wuifde nerveus omhoog.
'Jazeker, mijn studeervertrek. Daar zat ik ook toen het meisje mij belde en zei, dat er bezoek was. Volgt u mij maar.' Op zijn leren pantoffels liep hij voor de rechercheurs uit de trap op. Boven, aan het einde van een brede gang, opende hij een deur.
Het studeervertrek was smaakvol ingericht met geriefelijke fauteuils, staande leeslampen en wanden vol boeken. De heer Terschuur zwaaide uitnodigend naar de fauteuils.
'Neemt u plaats, heren.' Hij bewoog zijn hoofd heen en weer. 'Het is nogal een schok... een dode vrouw in mijn wagen... een luguber idee. Ik... eh, ik ruil die Volvo onmiddellijk in. Daar, daar rijd ik geen meter meer mee.' Hij liet zich in een fauteuil tegenover De Cock zakken. 'Hoe kon het... wie is het... waar komt die dode vrouw vandaan?'
De oude rechercheur glimlachte.
'Dat zijn in totaal drie vragen. Ik vrees, dat ik slechts op één daarvan het antwoord ken.'
De heer Terschuur gebaarde verontschuldigend.
'U begrijpt, dat ik wat in de war ben. Ik moet dat even verwerken.' Hij boog zich voorover. 'U... eh, u bent van de Amsterdamse recherche?'
'Van het bureau Warmoesstraat.'
'Er is dus misdaad in het spel?'
'De vrouw werd gewurgd.'
'In mijn wagen?'
De Cock spreidde zijn handen.
'Dat weten we niet. Nog niet. We houden er ook rekening mee, dat uw wagen slechts is gebruikt om het slachtoffer te vervoeren.' Hij zweeg even en plukte aan zijn onderlip. 'Als ik het goed heb begrepen, dan stond uw wagen op de parkeerplaats bij de AVRO-studio?'
De heer Terschuur knikte.

'Dat heb ik ook aan de politie opgegeven.'
'Hoe kwam uw wagen daar? Ik bedoel, heeft u hem daar zelf geparkeerd of had u de wagen aan iemand uitgeleend?'
De heer Terschuur schudde zijn hoofd.
'Nee, nee, beslist niet. Ik leen mijn wagen nooit uit. Ik heb vrij veel kennissen bij de omroep en zo nu en dan breng ik wel eens een bezoek aan de AVRO-studio... naar mijn mening... nog steeds de mooiste studio in omroepland. Dan rijd ik er met mijn wagen heen en zet hem op de parkeerplaats. Soms, wanneer het weer mij lokt, laat ik na mijn bezoek de wagen staan en wandel op mijn gemak naar huis.'
'Zo ook drie dagen geleden?'
De heer Terschuur leunde iets in zijn fauteuil achterover.
'Het was mij ter ore gekomen, dat er door de Evangelische Omroep in de AVRO-studio een discussieprogramma met jonge politiemensen zou worden opgenomen. Dat wilde ik graag bijwonen. Ik ben zeer geïnteresseerd in het wel en wee van de Nederlandse prinsemarij*.'
De Cock keek hem onderzoekend aan.
'Hebt u die opname bijgewoond?'
De heer Terschuur schudde droevig zijn hoofd.
'Jammer genoeg werd ik opgehouden,' sprak hij. 'Toen ik bij de studio kwam, was ik te laat. Als zo'n opname eenmaal loopt, stoor ik liever niet. Dat vindt men niet prettig.' Hij streek met zijn linkerhand over zijn grijze haren. Het bezorgde de grijze speurder een schok, maar hij liet van zijn waarneming niets blijken.
'Het was wel wat winderig,' ging de heer Terschuur verder, 'maar ik heb mijn wagen op de parkeerplaats laten staan en ben naar huis gewandeld.' Hij glimlachte wat triest. 'De volgende morgen ontdekte ik, dat mijn Volvo was verdwenen. Ik heb toen onmiddellijk aangifte van diefstal gedaan.'
De Cock knikte begrijpend.
'U had uw wagen goed afgesloten?'
De heer Terschuur trok zijn schouders iets op.
'Dat vroeg de politie hier in Hilversum ook. Het is doorgaans wel mijn gewoonte. Zeker. Maar ik begin nu toch te twijfelen. Ziet u, ik kan de sleuteltjes van mijn wagen ook nergens vinden.'

* Bargoens voor politie

’Hebt u die in het contactslot achtergelaten?’
’Mogelijk. Ik denk, dat dat ook de reden is dat mijn wagen is gestolen. Een makkelijke prooi. Men kon er zo mee wegrijden.’
De Cock wreef over zijn kin. De woorden van de heer Terschuur bevredigden hem niet. Integendeel. Hij had het stellige gevoel, dat hem een vooraf geprepareerd verhaal werd voorgeschoteld. De grijze speurder besloot van onderwerp te veranderen. Hij keek de man voor hem wat schuins aan.
’U bent gehuwd?’
’Geweest. Mijn vrouw is enige jaren geleden gestorven. Sindsdien ben ik een solitair. Ik heb alleen overdag een meisje dat het huishouden voor mij bestiert.’
De Cock streek langzaam met zijn pink over de rug van zijn neus. Het was een gebaar om tijdwinst.
’U... eh, u ontvangt wel eens damesbezoek?’
In de ogen van de heer Terschuur kwam een waakzame blik.
’Hoe bedoelt u dat?’
De Cock wuifde wat onzeker in de ruimte.
’U... eh u ziet er nog gezond en krachtig uit. Ik... eh, ik zou mij kunnen voorstellen...’
Om de mond van de heer Terschuur dartelde een glimlach.
’Ik vat u... ik vat u.’ Hij grinnikte jongensachtig.
’Och, zo nu en dan laat ik wel eens een vrouw aanrukken... als ik dat zo zeggen mag. Dan bel ik in Amsterdam Escort Ltd. en dan komt ze.’
’Wie?’
’Mareille.’

16

De Cock had moeie voeten. Plotseling voelde hij ze. Het was op het moment dat hij, terugkomend uit Hilversum, zich aan het bureau Warmoesstraat in zijn stoel liet zakken. Hij leunde achterover en legde zijn voeten op een hoek van zijn bureau. Met een van pijn vertrokken gezicht bevoelde hij zijn kuiten. Het was alsof geniepige kleine duiveltjes uit pure boosaardigheid met duizend scherpe spelden in zijn kuiten prikten. Hij kende de pijn, die uit de holten van zijn voeten kwam, langs zijn hielen omhoog trok en zich vastzette in zijn kuiten. Hij wist ook wat die pijn betekende. Telkens als de zaken slecht liepen, als hij het machteloze gevoel had volkomen in het duister te tasten, geen enkele vooruitgang meer te boeken, gaven die helse duiveltjes acte de présence.
Vledder keek hem bezorgd aan.
'Zijn ze er weer?'
De grijze speurder knikte en sloot zijn ogen. Minutenlang bleef hij zo zitten. Zijn markant gezicht leek een stalen masker. Om de pijn te verdrijven zette hij zijn tanden in zijn onderlip. 'Het trekt alweer wat weg,' sprak hij mat.
Vledder keek hem droevig aan.
'Is het werkelijk zo erg?'
'Wat?'
De jonge rechercheur wees naar De Cocks pijnlijke onderdanen.
'Die... eh, die duiveltjes... dat je er geen gat meer in ziet?'
De Cock antwoordde niet direct. Hij tilde zijn benen weer van het bureau. Zijn gezicht stond somber.
'Die drie bedaagde heren in Hilversum nemen ons op een verschrikkelijke manier in de maling. Ik kan je niet zeggen hoe mij dat steekt. En het ellendige is, dat ik er zo weinig aan kan doen. Ik sta gewoon machteloos. Ik heb niets om de zaak open te wrikken.'
Vledder wuifde voor zich uit.
'Het is nu wel duidelijk, dat die Petrus Johannes Terschuur ook tot het groepje behoort.'
Vledder schudde zijn hoofd.
'Nee,' sprak hij half lachend, 'daar maakte hij echt geen geheim van.'
De Cock wreef nog eens over zijn kuiten.

'Zoals wij ze hebben ontmoet... zowel Van Waardenburg, als Grubbenvorst en Terschuur koketteerde met die tatoeage. Zij drongen het verband tussen hun drieën als het ware aan ons op.' Hij beet opnieuw op zijn onderlip. 'En juist daarom heb ik het voortdurend genegeerd. Ik heb niet naar een verklaring voor die tatoeage gevraagd en ik heb niet op dat verband gewezen. En dat zal ik blijven doen tot ik de vierde man met de tatoeage heb gevonden.'
'Jouw geheimzinnige lifter.'
De Cock knikte nadrukkelijk.
'Uit hun gedrag blijkt, dat de mannen die wij tot nu toe kennen, zich volkomen veilig voelen... veilig door een reeks onderlinge afspraken. En het staat te bezien of we ooit achter de waarheid komen.'
Vledder zuchtte.
'Je had gelijk vanmiddag... het lijkt een volkomen Hilversumse affaire te worden.' Hij keek naar De Cock op. 'Waarom dragen wij de zaak niet aan de politie in Hilversum over. Zij kennen daar de onderlinge verhoudingen beter dan wij.'
De oude rechercheur schudde ferm zijn hoofd.
'Nooit,' sprak hij verbeten. 'En dan bekennen, dat wij het niet hebben gered? Geen denken aan. Het lijk van Mareille van Luxwoude werd in ons Warmoesstraat-district aangetroffen. Ook al lopen er draden naar Hilversum... het blijft een Amsterdamse zaak.'
Een tijdje zwegen ze. Vledder trok een denkrimpel in zijn voorhoofd. 'De drie mannen met dezelfde tatoeage,' sprak hij bedachtzaam, 'die wij nu kennen, maakten allen gebruik van dezelfde vrouw.'
De Cock bewoog zijn hoofd langzaam op en neer.
'Mareille van Luxwoude van Escort Ltd... en ook daar maakten ze geen geheim van.'
Vledder keek hem nadenkend aan.
'Zou... eh, zou jouw mysterieuze lifter... die geheimzinnige man van de lichtblauwe Mercedes... ook een cliënt van haar zijn geweest?'
De Cock reageerde plotseling verheugd. Zijn gezicht klaarde op. Zijn ogen straalden. Het was alsof ineens de pijn uit zijn kuiten wegtrok, alsof de geniepige duiveltjes voor een opborrelend enthousiasme vluchtten. Opmerkelijk kwiek kwam hij uit zijn stoel overeind, liep om zijn bureau heen naar Vledder en legde vertrouwelijk zijn hand om diens schouder.

'Dick,' riep hij blij, bijna uitbundig, 'dat gaan we vanavond onderzoeken.'

Vanuit het café van Smalle Lowietje stiefelden de beide rechercheurs over een haast verlaten Oudezijds Achterburgwal naar de Lange Niezel, liepen dwars over de Warmoesstraat naar de Oudebrugsteeg en sjokten vandaar over het Damrak naar de Nieuwendijk. De meeste winkels waren dicht. De luiken voor deuren en etalages gaven een triest beeld. De Cock bezag het met enige wroeging.
Het begon te regenen. Steeds feller. Opgejaagd door een straffe wind sloeg een fijne gure motregen tegen hun gezichten.
De grijze speurder drukte zijn wat vervormd vilten hoedje vaster op zijn hoofd en trok de kraag van zijn regenjas omhoog. Vledder, naast hem, kreunde. Zijn jong gezicht zag door de gure regen tintelend rood.
'Het is in dit akelige lage landje van ons ook altijd hondeweer,' sprak hij mopperend. 'Ik geloof dat ik ga emigreren. Rechercheur op de Bahama's... dat lijkt mij wel wat.'
De Cock lachte.
'Als je daar een paar maanden bent, verlang je terug naar de Warmoesstraat.'
Vledder perste zijn lippen op elkaar. 'Nooit.'
'Vraag het eens... vraag het eens aan oude collega's, gepensioneerden... hun oren gaan gloeien en hun ogen glinsteren als ze terugdenken aan de tijd dat ze aan de Warmoesstraat dienst deden.'
Vledder schudde afkeurend zijn hoofd.
'Al die oudjes doen aan geschiedvervalsing.' Hij gniffelde. 'Ik heb soms het idee, dat jij daar nu al mee bezig bent.'
De Cock lachte opnieuw. Vrijuit. Twee glazen cognac bij Smalle Lowietje hadden zijn bloed verwarmd en zijn geest opgekrikt.
'Dat bureau Warmoesstraat is toch een zalig bureau,' riep hij vrolijk zwaaiend. 'Wat wil je als politieman nog meer? Je maakt er van alles mee.'
Vledder bromde.
'Een berg ellende,' reageerde hij somber. 'Denk eens aan de zaak waar wij nu mee bezig zijn. Een kille, sinistere moord door een stel rijke sluwe heertjes, die zich nu in hun comfortabele villa's vermoedelijk zitten te verkneuteren... verkneuteren om de listen en lagen, die ze ons hebben gelegd.' Het klonk boos en opstandig.

De Cock keek hem aan. Zijn grof, breed gezicht stond strak. 'Dat ver-kneu-te-ren zal ze vergaan,' sprak hij verbeten. 'Dat beloof ik je.'
De felle wind wakkerde nog verder aan. Met gebogen hoofden sjokten ze voort. Vledder blikte opzij.
'Zou het lukken?'
'Wat?'
'Dat met Smalle Lowietje?'
De Cock knikte. Hij schoof de mouw van zijn regenjas iets terug en keek op zijn horloge. 'Over ongeveer een kwartier belt Smalle Lowietje hem en zegt tegen George Brisbane, dat hij heeft gehoord, dat hij op een wat ongelukkige manier zijn vrouwelijke compagnon is kwijtgeraakt en dat hij, Smalle Lowietje, een bijzonder knap en heel intelligent vrouwtje kent, die haar plaats zou kunnen innemen.'
'Zou George Brisbane daar op ingaan?'
De Cock glimlachte fijntjes.
'Ik geef het plan een grote kans van slagen. Smalle Lowietje is voor George Brisbane een onverdacht persoon. Hij zal geen argwaan koesteren en benieuwd zijn wat de caféhouder te bieden heeft.' Hij grinnikte. 'Verder kun je het wel aan Lowietje overlaten om de Engelsman vol whisky te tappen.'
Vledder snoof.
'Ik loop toch al heel wat jaartjes met je mee,' sprak hij hoofdschuddend, 'maar ik ben bang, dat ik aan jouw methoden nooit zal wennen.' Hij zweeg even en sjorde de riem van zijn regenjas wat strakker. 'Wat dacht je in de flat van George Brisbane te vinden?'
De Cock antwoordde niet. Aan het eind van de Nieuwendijk liepen ze via de Singel naar de Brouwersgracht. Voorbij de Herenmarkt namen ze de brug naar de onevenzijde en bleven aan de wallekant tegenover de nummers 112 tot 118 staan. Uit de schaduw van een oude boom hadden ze een prachtig zicht op de toegang tot de appartementen in de voormalige pakhuizen.
Vledder porde De Cock met zijn elleboog.
'Wat dacht je te vinden?' vroeg hij opnieuw.
De grijze speurder pakte een zakdoek en veegde de regen uit zijn gezicht. 'Ik ben er van overtuigd,' legde hij uit, 'dat George Brisbane het klantenbestand van Escort Ltd. behoorlijk in kaart heeft gebracht... dat hij precies weet wie wie is... compleet met gewoonten, gebreken en hebbelijkheden. In dat klantenbestand zijn uiter-

aard ook onze... zo jij ze noemt... sluwe rijke heertjes opgenomen met... zeer waarschijnlijk een aantekening over de vreemde tatoeage, die ook Mareille niet zal zijn ontgaan. En het is zeker niet denkbeeldig, dat zij de betekenis van de tatoeage eens aan een van de heertjes heeft ontfutseld en aan George Brisbane heeft doorgegeven.'
Vledder keek de grijze speurder bewonderend aan.
'Geweldig,' riep hij enthousiast. 'Je bent nog steeds een fantastisch vakman.'
De Cock glimlachte om de lof.
'Ik had aan deze mogelijkheid nog niet gedacht tot jij mij vanmiddag vroeg of ook mijn mysterieuze lifter een cliënt van Mareille van Luxwoude was. Begrijp je, als dat het geval is geweest, dan moet ook hij... met een aantekening over de tatoeage... in het klantenbestand van George Brisbane te vinden zijn.'
Vledder lachte.
'Ik begrijp het. Daarom was jij vanmiddag zo snel van jouw geniepige duiveltjes af.'
De Cock knikte met een ernstig gezicht.
'Ik acht onze geheimzinnige lifter nog steeds de sleutel tot de oplossing van de moord op Mareille. Als we hem kunnen ontmaskeren zijn we mogelijk in staat om de zaak te ontwarren en de zich verkneu-te-ren-de heren ter verantwoording te roepen.'
Vledder porde hem opnieuw met zijn elleboog in de zij en wees naar de overkant van de gracht. 'Het lukt.' In zijn stem trilde blijdschap. 'Daar gaat ie.'
De Cock keek. Op zijn gezicht kwam een brede grijns. 'George Brisbane,' sprak hij vergenoegd, 'op weg naar Smalle Lowietje.' Hij keek naar zijn jonge collega op. 'Heb jij de sleutels uit het tasje van Mareille?'
Vledder knikte en De Cock hield zijn hand op.

Ze gingen aan de wand met het lichtmetalen tableau vol boutons en rozetten van spreekgaatjes voorbij en liepen de brede trap op. Boven aan de trap, in het ruime portaal met de palm in de verlichte nis, bleven ze staan.
De Cock nam de tweede sleutel, stak die in het slot, draaide en duwde de deur van de flat voorzichtig open.
In de hal met de fraaie garderobe draaide hij zich om en sloot de deur

weer zorgvuldig af. Vledder keek toe.
'Zullen we gewoon het licht aan doen? George Brisbane zit voorlopig wel aan de whisky.'
De Cock schudde zijn hoofd.
'Liever niet. Maar pas wel op met je zaklantaarn, dat het schijnsel niet van buitenaf zichtbaar wordt.' Hij grinnikte vrolijk. 'Anders bellen de overburen misschien de politie en die kan ik hier echt niet gebruiken.' Hij scheen op de vloer en liep vanuit de hal naar het steriel witte vertrek met het hoogpolige Berber-tapijt. Speurend blikte hij om zich heen. 'De overgordijnen zijn gesloten,' stelde hij geruststellend vast.
Vledder liet het ovaal van zijn zaklantaarn door het vertrek dansen. 'Waar zou hij die aantekeningen hebben? Ik herinner mij niet, dat hier ergens in de kamer een kast of een bureau stond.'
De Cock wees naar de zijdeur, waaruit George Brisbane een paar dagen geleden te voorschijn kwam. 'Ik vermoed daar in de slaapkamer.'
Ook in de slaapkamer bleek het wit te overheersen. Er was een monument van een toilettafel met een drieluik van gebogen spiegels. Tubes, potten en flacons stonden in slagorde. De weeë, misselijk makende geur van Mareilles parfum hing als een wolk om hen heen. De Cock opende een wandbrede kledingkast en liet het licht van zijn zaklantaarn over een reeks frivole japonnen en blouses glijden. Ineens slaakte Vledder een kreet. Hij zat op de grond naast het litsjumeaux voor een opengetrokken deur van een nachtkastje.
'Een kaartenbak.'
'Waar?'
Vledder klemde de schijnende zaklantaarn onder zijn kin.
'Hier... in het nachtkastje.' Hij trok met zijn beide handen de houten bak naar zich toe en liet zijn vingers rap over de kaarten wippen. Nerveus trok hij een kaart half omhoog. 'Terschuur,' las hij hardop, 'Petrus Johannes, weduwnaar, niet onbemiddeld, rustend advocaat, koosnaam ''Pitie'', woonachtig in Hilversum, Schubertlaan zeven-drie-vijf.' Hij nam de zaklantaarn onder zijn kin vandaan en keek schuin omhoog naar De Cock, die naderbij stapte. 'Wist jij, dat Terschuur een advocatenpraktijk heeft gehad?'
De Cock schudde zijn hoofd.
'Dat wist ik niet. De hoedanigheid van Terschuur is ook nooit ter sprake gekomen.' Hij boog zich half over Vledder heen en steunde

op diens schouders. 'Staat er iets over de tatoeage?'
De jonge rechercheur bescheen de kaart.
'Ik zie niets staan... alleen data... vermoedelijk de dagen, dat Terschuur van de diensten van Escort Ltd. gebruik maakte.' Hij nam de kaart geheel uit de bak en draaide hem om. Op de achterzijde stond niets vermeld. Vledder deed de kaart terug in de bak. 'George Brisbane vond die tatoeage blijkbaar niet belangrijk genoeg.'
De Cock had even moeite om de teleurstelling te verwerken.
'Van wanneer,' vroeg hij mat, 'dateert de eerste aantekening?'
'Van vier jaar geleden.'
De grijze speurder reageerde geschrokken.
'Vier jaar,' riep hij verbijsterd.
Vledder trok de kaart weer iets omhoog en wees met zijn vinger naar de aantekening. 'Vier jaar,' herhaalde hij, 'kijk maar.'
De adem van De Cock stokte. De grijze speurder drukte zich op de schouder van Vledder omhoog en staarde voor zich uit. 'Dat betekent,' sprak hij traag, 'dat de heer Terschuur ook de vermoorde Lucienne Wildenborch heeft gekend.'

17

Vledder ging op de rand van het lits-jumeaux zitten en nam de kaartenbak op zijn schoot. Hij keek omhoog naar De Cock. 'Je hebt gelijk. Het is waar. Hij moet haar hebben gekend. Mareille van Luxwoude kwam ongeveer tweeëneenhalf jaar geleden bij Escort Ltd. van George Brisbane. En voor Mareille was Lucienne Wildenborch zijn... eh, zijn compagnon.'
'En werd vermoord.'
Vledder knikte voor zich uit.
'Op een vrijwel identieke wijze... gewurgd en achtergelaten in een auto. Daar moet toch verband tussen zitten. Ik denk...'
In de flat klonk een zoemtoon... luid, indringend.
De jonge rechercheur nam de kaartenbak van zijn schoot en stond geschrokken op. 'Daar... eh, daar is iemand,' fluisterde hij hijgend.
De Cock knikte met een ernstig gezicht.
'Bezoek,' sprak hij kalm. 'Bezoek voor de heer Brisbane. Laten we rustig wachten. Als het bezoek merkt, dat Mister George niet thuis is, zal hij of zij wel weer vertrekken.'
De zoemtoon klonk opnieuw. Nu langer aangehouden.
Vledder kon niet de nodige rust vinden om de inhoud van de kaartenbak verder te onderzoeken. Hij stootte De Cock in het donker aan.
'Men mag ons hier niet aantreffen,' sprak hij gejaagd. 'Dat geeft moeilijkheden. Kunnen we niet proberen om ongezien hier uit die flat te komen?'
'Hoe?'
Vledder wees naar de vloer.
'Dat bezoek staat beneden in de hal bij het plateau. Als we de flat uit glippen en we gaan naar een hogere etage dan...'
Weer maakte de jonge rechercheur zijn zin niet af.
Aan de toegangsdeur van de flat klonk gestommel en gekraak. De mond van Vledder viel open.
'Een inbreker,' fluisterde hij ontzet. 'Die heeft eerst geprobeerd of er iemand thuis was.'
De Cock bewoog zijn hoofd op en neer.
'Beslist. En mogelijk is hij op zoek naar dezelfde buit.' De grijze speurder wees naar de kaartenbak in de handen van Vledder. 'Zet dat maar boven op het nachtkastje.' Hij gniffelde. 'Waarom zouden we

moeilijk doen? Dat bespaart de dief het zoeken.'
'En wij?'
'Onder het bed.'
Na enkele minuten klonk in de slaapkamer een hijgende ademhaling en schoven voetstappen over het tapijt. Het lichtend ovaal van een zaklantaarn gleed tastend vooruit. Het duurde niet lang. Al na enkele seconden bleven de voeten bij het nachtkastje staan. Er klonk een zwak, instemmend gemompel en toen verdwenen de voeten weer uit de slaapkamer.
De Cock wachtte tot hij hoorde, dat de inbreker de flat geheel had verlaten. Toen kwam hij in actie. Traag en log kwam hij onder het bed vandaan en zette zich in beweging. Hij holde de flat uit en daalde met drie treden tegelijk de brede trap af.
Vledder volgde.
Toen de twee rechercheurs buiten kwamen, zagen ze op de Brouwersgracht een man met de houten bak onder zijn arm in de richting van de Herenmarkt rennen.
Vledder trok een sprint aan. Nog voor de man de Herenmarkt had bereikt, greep de jonge rechercheur hem vast. In een komische, wat stampende draf kwam De Cock naderbij en schonk de man een glimlach.
'De heer Janszen,' sprak hij grijnzend, 'Simon Janszen met eszet.'

De Cock liet zich in zijn stoel achter zijn bureau zakken en keek de pseudo-taxichauffeur onderzoekend aan. Zijn scherpe blik gleed over het donkerblonde, reeds grijzende haar, het korte voorhoofd en de kleine groene ogen in het doorgroefde gelaat. De trekken van de man waren hem niet onsympathiek. Om de mond van de grijze speurder dartelde een innemend lachje.
'Dit is de tweede maal dat wij elkaar ontmoeten,' opende hij vriendelijk. 'Alleen zijn de omstandigheden niet geheel dezelfde.' Hij maakte een verontschuldigend gebaartje. 'Het was natuurlijk dom om bij George Brisbane in te breken. Sinds de moord op dat vrouwtje,' loog hij met overtuiging, 'houden wij de flat van die Engelsman voortdurend in het oog. We willen graag weten welke bezoekers er komen... genode en ongenode gasten. Wij zagen u komen... we zagen u bellen aan het lichtmetalen tableau... en we zagen u de trap op gaan naar de flat.' De Cock pauzeerde even en wees naar de kaartenbak voor zich op zijn bureau. 'Heer Janszen...

was dat zo begerenswaardig?'
De pseudo-taxichauffeur kneep zijn lippen opeen.
'Ik begrijp u niet. Ik weet niets van een vrouwtje af. Ik weet niet waarover u praat.'
De Cock maakte kleine tut-geluidjes.
'Kom, kom. Ik spreek geen wartaal. U weet heel goed waarover ik praat.' Hij wees opnieuw naar de houten bak op zijn bureau. 'En u kent de betekenis van deze kaarten heel goed.'
Simon Janszen schudde zijn hoofd.
'Ik weet niet wat die kaarten betekenen... waarvoor ze dienen. Ik heb alleen de opdracht gekregen om ze uit die flat te halen.'
De Cock hield zijn hoofd iets scheef.
'Opdracht... van wie?'
Simon Janszen leunde in zijn stoel achterover.
'Dat zeg ik u niet.'
Het klonk halsstarrig.
De Cock boog zich iets naar hem toe.
'Ach,' sprak hij vriendelijk, 'het is allemaal niet zo moeilijk. Als employé van European Technics...' Hij maakte zijn zin niet af; wachtte op het effect.
'Wat wilt u daarmee zeggen?'
De Cock boog zich nog verder naar hem toe.
'Dat de opdracht om die kaartenbak uit de flat van Brisbane te halen kwam van uw eigen directeur... de heer Grubbenvorst... voor wie u blijkbaar vaker min of meer vertrouwelijke opdrachten uitvoert.'
Simon Janszen keek hem uitdagend aan.
'Zoals?'
De Cock plukte even aan zijn onderlip. Hij trof in de man een onverzettelijkheid, die hij niet had verwacht.
Hij strekte zijn wijsvinger naar hem uit.
'Wat deed u op het Stationsplein die avond toen dat meisje werd neergeslagen?'
'Dat heb ik u verteld.'
De Cock schudde zijn hoofd.
'U presenteerde zich als taxichauffeur. Maar dat bent u niet. Dat was een leugen. Ik herhaal: wat deed u die avond op het Stationsplein?'
Simon Janszen trok zijn rug recht.
'Ik behoef u niet te antwoorden. Ik heb het recht om te zwijgen.' Hij draaide zich naar de oude rechercheur toe. Zijn kleine groene ogen

lichtten even fel op. 'Heb ik het recht om te zwijgen?'
Het duurde seconden voor De Cock reageerde. Toen knikte hij onwillig. 'U hebt,' verzuchtte hij, 'het recht om te zwijgen.'
Op zijn bureau rinkelde de telefoon.
Vledder nam de hoorn op en luisterde. Zijn gezicht betrok. Met een berustend gebaar legde hij de hoorn op het toestel terug.
De Cock keek hem gespannen aan. 'Wie was dat?'
'Beneden... de wachtcommandant.'
'En?'
'Of wij samen nog even op pad willen. Hij heeft voorlopig niemand anders.'
'Wat is er dan?'
Vledder maakte een hulpeloos gebaartje.
'Op de De Ruijterkade achter het Centraal Station is een man neergeschoten.'

Met Simon Janszen tussen hen in liepen Vledder en De Cock de trap af. In de hal, voor de balie van de wachtcommandant, bleven ze staan.
Jan Kusters kwam op hen toe.
'Gaan jullie naar die neergeschoten man? Ik heb de geneeskundige dienst al gewaarschuwd.'
De Cock knikte en duimde naar Simon Janszen.
'Dan moet je hem even voor mij bewaren.'
'Insluiten?'
De grijze speurder schudde zijn hoofd.
'Nog niet,' weerde hij af. 'Zet hem maar zolang in het dagverblijf. Als ik terugkom wil ik nog even met hem praten.'
Simon Janszen blikte met een kwaad gezicht naar hem op.
'Dat kun je vergeten... ik praat niet.'
De Cock glimlachte fijntjes.
'Straks wel,' sprak hij beslist. 'Dan nemen wij samen de inhoud van die door jou zo felbegeerde kaartenbak door. Wie weet welke verrassingen die bak nog voor ons in petto heeft.'
Simon Janszen bromde. Jan Kusters kwam van achter de balie en leidde hem weg.
De beide rechercheurs stapten haastig het bureau uit en liepen in de richting van de Nieuwebrugsteeg. Vledder keek De Cock van terzijde aan.

'Verwacht je werkelijk, dat Simon Janszen straks gaat praten?'
De Cock maakte een schouderbeweging.
'Dat is moeilijk te voorspellen. Ik wil het in ieder geval proberen.'
Vledder zuchtte.
'Men zal hem terdege hebben ingeprent, dat hij onder alle omstandigheden tegen ons zijn mond moet houden.'
De Cock knikte traag.
'Maar Simon Janszen is geen man, die zich onder alle omstandigheden aan zijn opdrachten houdt. Dat heb je gezien aan zijn reactie toen Sandra Verloop werd neergeslagen.'
'Je bedoelt, dat hij haar naar het ziekenhuis bracht, zonder zijn werk af te maken.'
'Precies. Wat dat werk ook geweest moge zijn.'
Een tijdje liepen ze zwijgend naast elkaar voort. De felle wind was iets gaan liggen, maar het regende nog steeds.
Vledder grinnikte.
'Ik vond het verhaal, dat je aan Simon Janszen opdiste, gewoon schitterend. Ik denk, dat hij oprecht gelooft, dat wij hem zo snel konden pakken, omdat wij na de moord op Mareille de flat voortdurend in het oog hielden.'
De Cock grijnsde.
'Dat moet ook. Ik kon hem toch moeilijk openbaren, dat wij in de slaapkamer naast zijn voeten onder het lits-jumeaux lagen.'
Vledder wreef over zijn nat gezicht.
'Straks komt George Brisbane vol whisky thuis en vindt een opengebroken deur.'
De Cock knikte traag voor zich uit.
'Ik ben benieuwd hoe dat uitpakt... welke consequenties dat heeft.'
'Voor wie?'
'Voor ons... voor ons onderzoek. George Brisbane zal onmiddellijk zijn kostbare kaartenbak missen en nadenken... nadenken wie er zo'n intense belangstelling voor zijn aantekeningen had... en waarom?'
'Wat kan hij doen?'
'Niet veel. Ik denk ook niet dat hij van de inbraak aangifte komt doen.'
Vledder reageerde verrast.
'Wat gebeurt er dan met Simon Janszen. Zonder een aangifte moeten we hem laten gaan.'

De Cock bromde.
'Voorlopig hebben we het recht om hem zes uur vast te houden. En de nachtelijke uren tellen niet mee.'

Vanuit de Nieuwebrugsteeg liepen ze over de brug naar het Damrak en vandaar naar het Stationsplein. Het lag er verlaten bij. Het gure natte weer hield de mensen van de straat.
Ze stapten de warme hal van het Centraal Station binnen en liepen langs de opgangen tot de perrons naar de achterzijde. Tussen de deuren naar de De Ruijterkade stond een jonge agent. Toen hij de oude rechercheur in het oog kreeg, liep hij op hem toe.
'De geneeskundige dienst is er nog niet.'
'Waar is het slachtoffer?'
De agent duimde over zijn schouder.
'Ik heb hem met zijn rug tegen de muur onder de overkapping gelegd. Ik wilde hem niet in die smerige regen laten liggen.'
'Is hij dood?'
'Toen ik bij hem kwam, leefde hij nog... even maar... toen blies hij zijn laatste adem uit.'
'Heeft hij nog wat gezegd?'
'Nee.'
'Heb je getuigen?'
De jonge agent schudde bedroefd zijn hoofd.
'Ik was in de hal om de spoorwegpolitie te assisteren. Ze hadden moeilijkheden met een junk. Terwijl ik daarmee bezig was, kwam er een man naar mij toe en zei mij, dat hij achter het station op de De Ruijterkade enkele schoten had gehoord. Ik ben er onmiddellijk heen gegaan. Toen ik op de De Ruijterkade kwam, zag ik op het trottoir een man wankelen. Voor ik bij hem was, viel hij op de straat.'
De Cock knikte begrijpend en de jonge agent liep voor hem uit de kade op.

Scheef weggezakt, met zijn rug tegen de muur van het Centraal Station, zat een man. Zijn voeten staken in de regen. De Cock trok zijn broekspijpen iets op en knielde bij hem neer. Ineens voelde hij hoe het bloed uit zijn gezicht wegtrok.
Vledder zag het en knielde naast hem.
'Wat is er?' vroeg hij bezorgd.

De grijze speurder ademde diep. Met een wit vertrokken gezicht pakte hij de linkerhand van de dode en hield die omhoog.
Vledder hijgde.
'De tatoeage.'
De Cock legde de hand terug.
'Mijn mysterieuze lifter.'

18

Dr. Den Koninghe kwam uit zijn gehurkte houding omhoog. Een plasje regenwater schommelde in de hoge rand van zijn groenuitgeslagen Garibaldi. Met een bespat brilletje in zijn hand wees hij achteloos naar de zittende man aan de muur van het station.
'Hij is dood,' sprak hij kortaf. 'Inwendige bloedingen. Ik denk, dat er slagaders bij zijn hart zijn geraakt.'
De Cock schudde zijn hoofd.
'Hij is niet dood.'
Dr. Den Koninghe veegde zijn brilletje schoon, zette het op en keek de grijze speurder aan. Achter de glazen glommen zijn ogen van verbazing.
'Hij is niet dood?' herhaalde hij vragend.
De Cock schudde opnieuw zijn hoofd.
'Hij is niet dood... nog niet.'
Dr. Den Koninghe bleef hem aankijken, vreemd, verward, alsof hij de grijze speurder voor het eerst in zijn leven zag. 'Niet dood? Voor een man op jouw leeftijd een bepaald kinderlijk verlangen.'
De Cock pakte de oude lijkschouwer bij zijn arm vast en leidde hem buiten het gehoor van de anderen.
'Wanneer,' vroeg hij voorzichtig, 'moet u van de dood van die man melding maken?'
Dr. Den Koninghe keek hem argwanend aan.
'Wat wil je dan?' In zijn stem trilde onbegrip.
De Cock wees naar de dode.
'Ik wil hem nog een uur of wat in leven houden.'
De oude lijkschouwer grinnikte ongelovig.
'Maar hij is dood... gewoon morsdood... daar is niets meer aan te veranderen.'
De Cock legde vertrouwelijk zijn rechterhand op de magere schouder van Dr. Den Koninghe. 'Als u mij zegt,' sprak hij geduldig, 'dat de man is overleden, dan is dat voor mij een absolute zekerheid. Daar heb ik nooit aan getwijfeld. Ook nu niet. Ik wil alleen dat de dood van de man nog niet algemeen bekend wordt... niet officieel wordt gemeld. Voor niet ingewijden is hij nog gewoon in leven. Ik wil ook niet dat zijn lichaam naar het mortuarium wordt gebracht, maar naar het Zuiderkruis Ziekenhuis.'

De oude lijkschouwer weifelde. Hij keek naar beneden. Het plasje regenwater gleed in een straaltje over de rand van zijn hoed. Na enige tijd blikte hij omhoog.
'Hoe doe jij dat dan?'
'Ik houd het buiten de rapporten.'
'Kan dat?'
'Ik rapporteer het morgen... overmorgen.' De grijze speurder maakte een vaag gebaartje. 'Een mens kan toch iets vergeten? Door allerlei beslommeringen was de dood van de man mij even door het hoofd gegaan. Is dat zo verwonderlijk?'
Dr. Den Koninghe reageerde niet. Hij staarde nadenkend voor zich uit. 'Accepteert het Zuiderkruis Ziekenhuis, dat wij een dode presenteren?'
De grijze speurder antwoordde niet direct. Nerveus plukte hij aan zijn onderlip. Zijn hersens werkten koortsachtig aan een oplossing. Hij keek de oude lijkschouwer doordringend aan.
'Geef mij een kwartier. Meer heb ik niet nodig. En maakt u zich geen zorgen. Het lukt me, geloof me. De directie van het Zuiderkruis Ziekenhuis is mij nog wel iets verschuldigd.'*
Dr. Den Koninghe draaide zich half om en strekte zijn arm in de richting van de dode man.
'Hoor ik van jou wanneer ik hem mag laten sterven?'
Het klonk als een sinistere grap.
De Cock knikte. Zijn gezicht stond ernstig.
'U hoort het.'

Nog geen uur na hun vertrek waren de beide rechercheurs weer aan de Warmoesstraat terug. Op het eerste perron, in het kantoor van de spoorwegpolitie, had De Cock een paar snelle pittige telefoongesprekken gevoerd en goeddeels zijn zin gekregen.
Na Dr. Den Koninghe en de beide broeders van de geneeskundige dienst had ook de jonge agent hem toegezegd om voorlopig te zwijgen over de dood van de man. Wel had de jeugdige politieman bedongen, dat De Cock hem na afloop het hoe en waarom van de vreemde operatie zou onthullen.
Toen ze de hal van het politiebureau binnenstapten, wenkte Jan Kusters hen van achter de balie.

* De Cock en het masker van de dood

'Hoe is het met die neergeschoten man?'
De Cock liep op hem toe.
'Jij behoeft niets te rapporteren. Dat doe ik wel. Ik heb toch alle gegevens. En mocht er vanavond of in de loop van de nacht iemand naar het slachtoffer informeren, zeg dan, dat hij in het Zuiderkruis Ziekenhuis is opgenomen.'
'Oké. Moet je die Janszen nog hebben?'
De Cock knikte.
'Geef hem maar mee.'
Met de pseudo-taxichauffeur in hun midden, liepen Vledder en De Cock de trap op en gingen terug naar de recherchekamer. De oude rechercheur deed zijn natte regenjas uit, wierp zijn hoed naar de kapstok en liet Simon Janszen naast zich aan zijn bureau plaatsnemen.
'Dat was even een onderbreking,' begon hij vriendelijk. 'Ik hoop, dat u zich intussen niet hebt verveeld.' Hij maakte een verontschuldigend gebaartje. 'We moesten er even uit. Op de De Ruijterkade achter het Centraal Station had iemand op een man geschoten. Het slachtoffer is er ernstig aan toe. Maar er is gelukkig geen levensgevaar. Hij is opgenomen in het Zuiderkruis Ziekenhuis. Ik heb nog geen woord met hem kunnen wisselen, maar de behandelende arts dacht, dat ik hem morgenochtend wel zou kunnen verhoren. Het schijnt, dat de man toch wel een...' De grijze speurder stokte plotseling. Met golvende rimpels in zijn voorhoofd keek hij naar Vledder.
'In... eh, in welke kamer hadden ze hem ook weer gelegd?'
De jonge rechercheur raadpleegde zijn aantekeningen.
'Josephus Cornelis Losser ligt... eh, ligt op de eerste etage... eh, nummer zevenendertig... dat is een éénpersoonskamer... aan een infuus. Hij heeft nogal wat bloed verloren.'
'Niet op de intensive-care?'
'Nee, dat vond men niet nodig.'
De Cock stak zijn wijsvinger omhoog.
'Zorg, dat je voor morgenochtend zeven uur een auto voor ons hebt gereserveerd. Leg beneden bij de wachtcommandant alvast beslag op de sleuteltjes.' Hij wendde zich tot Simon Janszen. 'Het pad van een rechercheur gaat niet over rozen. Je moet aan alles denken.' Hij boog zich naar hem toe, veranderde iets van toon. 'Gaan we verder met uw zaak. Waar waren we gebleven. O ja, ik herinner het mij weer. Ik vroeg wat u die bewuste avond... de avond, dat u dat meisje

zag neerslaan... op het Stationsplein deed?'
Simon Janszen schudde zijn hoofd.
'Daar geef ik geen antwoord op. Ik heb u toch gezegd, dat ik gebruik wil maken van mijn recht om te zwijgen.'
De Cock negeerde de opmerking.
'Hoelang bent u al employé bij European Technics in Amsterdam?'
'Twee jaar.'
'Als chauffeur?'
'Inderdaad.'
'Dat bevalt u?'
'Ja.'
'Fungeert u wel eens als privé-chauffeur van uw directeur, de heer Grubbenvorst?'
'Dat komt wel eens voor.'
'Vaak?'
'Vrij regelmatig.'
De Cock leunde op zijn armen voorover.
'Ik kan mij voorstellen, dat u samen, tijdens lange vervelende autoritten, wel eens vertrouwelijke gesprekken voert... gesprekken over zaken, die mogelijk enige discretie van u vereisen.'
'Dat gebeurt.'
De oude rechercheur ging onverdroten door.
'U weet... door uw positie... uiteraard meer van het gedrag van de heer Grubbenvorst... zijn gewoonten, hobby's, liefhebberijen... dan de doorsnee werknemer van European Technics.'
'Mogelijk.'
De Cock glimlachte.
'U bent wel zuinig met uw antwoorden.'
Simon Janszen stak zijn kin iets vooruit.
'Ik zeg verder helemaal niets. En zeker niet iets, dat u graag zou willen horen.' Hij gebaarde naar de vloer. 'Laat u mij maar insluiten.'
De Cock schudde zijn hoofd.
'U kunt gaan,' sprak hij mat. 'U moet zich wel ter beschikking houden. Die kaartenbak houd ik hier. Als Mister Brisbane... hij is de eigenaar van de flat waar u inbrak; maar dat wist u ongetwijfeld al... morgen officieel aangifte komt doen, dan stuur ik u een ontbieding voor een ander verhoor. Komt Mister Brisbane morgen niet, of weigert aangifte te doen, dan zal ik met mijn commissaris over-

leggen hoe in deze zaak verder te handelen. Dat vertel ik u dan wel.'
De grijze speurder stond van zijn stoel op. Met lome tred begeleidde hij de pseudo-taxichauffeur van de kamer, liep met hem de trap af en meldde aan de wachtcommandant formeel, dat hij verder geen prijs meer stelde op de aanwezigheid van de man.
Simon Janszen liep de hal uit. Bij de deur draaide hij zich nog even om. In zijn ogen glansde triomf.

Het nachtelijk Amsterdam bood nog veel verkeer. Vooral in de binnenstad scheen de drukte nooit te luwen. De oude Beurs van Berlage hing dag en nacht in de benzinedampen.
Ze reden met hun oude politie-kever achter het Koninklijk Paleis om naar de Raadhuisstraat. Vledder reageerde bekwaam op een auto, die plotseling met grote snelheid de Westermarkt overstak. De jonge rechercheur vloekte hardgrondig. 'Bezopen,' siste hij tussen zijn tanden. 'We zouden 's nachts veel meer controles moeten houden.'
De Cock knikte ongeïnteresseerd. Zijn gedachten verwijlden niet bij de perikelen van het verkeer.
'Josephus Cornelis Losser,' dacht hij hardop, 'oud achtenvijftig jaar, leraar Engels, actief sportman, coach en trainer van een dameshockeyploeg.' Hij grinnikte voor zich uit. 'Actief sportman... logisch, dat ik hem niet kon bijbenen.'
'Was hij getrouwd?'
De Cock trok zijn schouders op.
'Dat weet ik niet. Als ik mij goed herinner, droeg hij wel een trouwring. Maar dat zegt natuurlijk niet zo veel. We zullen zijn identiteit... zijn achtergronden morgen nader moeten uitdiepen. De bescheiden die hij bij zich had, heb ik even vluchtig doorgenomen. Daar viel verder niets uit op te maken.'
'Waar woonde hij?'
'Aan de overkant van het IJ. Amsterdam-Noord, Meidoornweg.'
'Niet zo riant.'
De Cock schudde zijn hoofd.
'Niet zo riant als de drie andere heren met dezelfde tatoeage.'
Vledder zuchtte diep.
'Hij moet van dichtbij zijn neergeschoten met een wapen van een zwaar kaliber.'
'Hoe kom je daarop?'
'De kogels hebben aan de achterzijde het lichaam weer verlaten.'

'Heb je dat gezien?'
Vledder knikte.
'Toen de broeders het lijk op de brancard legden, heb ik even op de rug gevoeld of er mogelijk kogels tussen de kleding waren blijven steken.'
'En?'
'Er waren geen kogels. Ik had wel direct mijn handen vol bloed.' De Cock kneep zijn lippen op elkaar. 'Ik vind het kil. Onmenselijk. De opzet van deze moord heeft wel iets weg van een executie.'
'Je bedoelt iemand van dichtbij een paar kogels door zijn lijf jagen.'
De Cock knikte.
'Ik heb wel eens de stille hoop gekoesterd, dat Josephus Cornelis Losser... mijn mysterieuze lifter... contact met mij zou opnemen.'
Vledder keek hem verwonderd aan.
'Hij is toch bij die moord op Mareille van Luxwoude betrokken... dan kan je toch onmogelijk verwachten, dat hij zich bij ons meldt.'
De Cock schudde wat wrevelig zijn hoofd.
'Als hier inderdaad sprake is van een executie, dan moet die Losser toch geweten hebben... of gevoeld, dat zijn leven gevaar liep.'
'Volgens jou had hij beter opening van zaken kunnen geven?'
De Cock staarde triest voor zich uit.
'Ik ben er van overtuigd, dat Losser dan nu nog had geleefd.'
Ze reden een poosje zwijgend voort. Aan het einde van de Rozengracht blikte Vledder opzij.
'Wie halen we eerst op?'
De Cock zwaaide.
'Fred Prins en dan Appie Keizer.'
'Staan ze klaar?'
'Dat hebben ze mij uitdrukkelijk beloofd. Ze hadden er beiden weinig trek in om uit hun warme bed te komen en ik hoorde de Ierse vrouw van Fred op de achtergrond roepen: ''That dangerous old man, again''?'
Vledder lachte.
'Ze schijnt je te kennen.'
De Cock maakte een verontschuldigend gebaartje. 'Ik heb ze uitgelegd, dat ik wel een beroep op hen moest doen. Onze gezichten zijn te bekend.' Hij schoof de mouw van zijn colbert iets terug en keek op zijn horloge. 'We hebben nog wel even de tijd. Er is nog maar net een half uur verstreken sinds Simon Janszen ons bureau verliet.'

19

De Cock stapte als laatste uit. Hij klapte het portier achter zich dicht en keek langzaam omhoog. Groot, breed, log, massaal, als een afgrijselijk monster van staal en beton, rees het immense Zuiderkruis Ziekenhuis voor hem op. De aanblik overweldigde hem en een vreemde angst maakte zich van hem meester... angst voor het falen... het mislukken van zijn plan.
Ze wandelden met zijn vieren naar de ingang. Dick Vledder en Fred Prins voorop. De Cock en Appie Keizer volgden op enige meters. Het regende niet meer. Er was wel wat wind en soms blikte de maan even door de wolken. Niemand sprak. Het silhouet van het gebouw, scherp afgetekend tegen een nachtelijke hemel, beklemde.
Na de zoevende glazen toegangssluizen liepen de vier rechercheurs door niemand opgemerkt, naar de lift. Op de zevende etage stapten ze uit en liepen via een dubbele deur, die bij hun naderen automatisch opende, naar een brede gang.
Dick Vledder, Fred Prins en Appie Keizer bleven staan.
De Cock ging aan hen voorbij naar een fraaie mahoniehouten deur en hield die uitnodigend voor hen open. Vergezeld van een kleine buiging wuifde hij naar een grijzende heer achter een breed, onder stapels bescheiden bedolven bureau.
'Ik heb de eer,' sprak De Cock plechtig, 'u voor te stellen aan Dr. Van Bemmelen, eminent geneesheer-directeur van dit ziekenhuis.'
De heer Van Bemmelen stond van achter zijn bureau op en produceerde een flauwe glimlach. Hij keek naar de vier mannen voor zich.
'Een politie-invasie,' sprak hij mat. 'Ik moet u eerlijk bekennen, dat ik daar niet zo blij mee ben. Maar ik meen, op basis van vroegere ervaringen, dat u wel enig recht hebt op medewerking van mijn kant.' Hij richtte zich tot De Cock. 'Al hoop ik, dat u dergelijke vreemde experimenten in de toekomst niet zult herhalen.'
De grijze speurder glimlachte.
'Is op de eerste etage kamer zevenendertig in orde gebracht?' vroeg hij ontwijkend.
Dr. Van Bemmelen keek hem meesmuilend aan.
'Ik kan u uiteraard geen echte patiënt leveren, maar zoals wij de zaken hebben gerangschikt, ziet het er naar uit, dat daar inderdaad een man ligt aan een infuus.'

De Cock wees naar Fred Prins en Appie Keizer.
'En voor deze beide broeders had ik dan nog graag de outfit van een verpleegkundige.'
'U bedoelt een witte jas.'
De Cock knikte.
'Het bezorgde, tevens bemoedigende uiterlijk... dat hebben ze al.'
Op het bureau van Dr. Van Bemmelen rinkelde de telefoon. De geneesheer-directeur nam de hoorn op en luisterde. Hij wenkte naar De Cock.
'Voor u.'
De grijze speurder nam de hoorn over en legde hem na enkele seconden weer op het toestel terug.
Vledder keek hem vragend aan.
'De wachtcommandant?'
De Cock knikte.
'Zoëven heeft iemand naar Joep Losser gevraagd.'

De Cock keek op zijn horloge en betrapte zich erop, dat hij dit in de laatste vijf minuten al driemaal had gedaan. Na ruim een uur wachten was het ongeduld in zijn botten geslopen.
Hij liep heen en weer, maar in de beperkte ruimte van het kamertje, dat hij met Vledder deelde, kon hij niet komen tot de cadans van zijn slenterende, bijna waggelende tred, waarin zijn gedachten zich gewoonlijk lieten ordenen.
In zijn denken heerste de chaos. Het voor en tegen van zijn plan, de mogelijkheden van slagen of mislukken, streden met wisselend succes een ongeordende strijd.
Een paar maal had hij de deur van het kamertje geopend en op de gang gegluurd. Slechts een keer had hij een glimp gezien van Fred Prins en Appie Keizer, onwennig paraderend in hun witte jassen. Hij had de beide rechercheurs op het hart gedrukt om vooral voorzichtig te zijn en niet te aarzelen om van hun vuurwapens gebruik te maken, wanneer de ernst van de situatie daartoe aanleiding gaf.
Vledder keek naar hem.
'Hij had hier al kunnen zijn,' sprak hij loom.
De Cock streek met de rug van zijn hand langs zijn droge mond. 'Ja,' sprak hij beamend, 'hij had hier al kunnen zijn.'
'Is dit uitlokking?'
De Cock keek hem niet begrijpend aan.

'Uitlokking... tot wat?'
'Moord.'
De grijze speurder grinnikte zonder vreugde.
'Op een stel kussens en een pruik?'
Vledder wuifde in zijn richting.
'Voor de moordenaar maakt het geen verschil.'
De Cock knikte traag voor zich uit.
'Je hebt gelijk, de intentie is dezelfde. Mijn opzet is er alleen op gericht om...'
Er klonk het doffe geluid van een schot, gevolgd door het klappen van een deur.
De Cock stormde het kamertje uit. Vledder volgde en struikelde bijna over hem heen. Voor hen uit dansten Fred Prins en Appie Keizer in hun witte jassen een wilde galop. Soms was even tussen hen in het beeld te zien van een vluchtende gestalte.
De afstand werd kleiner. Nog voor een dubbele deur aan het einde van de gang was bereikt, stortte Fred Prins zich als eerste op de vluchtende man, gevolgd door Appie Keizer. In een korte worsteling legden de beide rechercheurs de man met zijn borst op de vloer, trokken zijn armen naar zijn rug en boeiden zijn handen.
De Cock draafde naderbij. Hij knielde bij de man neer en boog diens gezicht naar hem toe.
Vledder hijgde in zijn nek.
'Alex van Waardenburg.'

20

De Cock leunde behaaglijk achterover in zijn leren fauteuil. Hij voelde zich voldaan, ontspannen. Hij keek om zich heen naar Dick Vledder, Fred Prins, Appie Keizer, de jonge diender die de stervende Losser had ontdekt en... Sandra Verloop.
De vriendelijke accolades rond zijn mond dartelden vrolijk. Op het uitdrukkelijk verlangen van zijn jonge collega's had hij hen uitgenodigd voor een soort slotakkoord bij hem thuis. Hij had zich niet lang laten smeken, maar zich bereid verklaard om opening van zaken te geven... een uitleg... een verklaring voor de reeks intrigerende gebeurtenissen rond de dood van een call-girl. De grijze speurder was van mening, dat Sandra Verloop daarbij niet mocht ontbreken en had ook haar uitgenodigd.
Lachend knikte hij haar toe.
'Weer helemaal hersteld?'
Sandra Verloop gebaarde wat hulpeloos.
'Er was helemaal niets met mij aan de hand. Het was gewoon flauwekul om mij zolang daar in dat ziekenhuis te houden.' De uitdrukking op haar gezichtje versomberde. 'Hij... eh, hij is dood, hè... onze lifter.'
De Cock knikte traag voor zich uit.
'Vermoord.'
Ze schudde haar hoofd.
'En hij was het niet.'
'Nee, hij was het niet.'
Sandra Verloop keek van De Cock naar Vledder en terug.
'Jullie wilden mij niet geloven.'
De grijze speurder lachte, maar reageerde verder niet. Hij voelde weinig voor een oeverloze discussie. Het deed er in een onderzoek nooit zoveel toe wat men als rechercheur geloofde, of niet geloofde. Aan het einde telden slechts de feiten.
Hij kwam iets voorover, pakte een fles verrukkelijke cognac van een bijzettafeltje en schonk de edele drank in fraaie, diepbolle glazen. Met zichtbare vreugde hief hij zijn glas, omklemde het met de volle hand en liet de nectar zachtjes schommelen. Voor hij een toost kon uitbrengen, legde mevrouw De Cock haar hand op zijn arm en schudde verwijtend haar hoofd.

'Geen cognac voor Sandra.'
De grijze speurder verontschuldigde zich en vroeg verschrikt wat zijn jonge gaste wilde drinken. Eerst toen ook Sandra een drankje had, hief hij het glas. 'Op de intuïtie... de intuïtie van de vrouw.'
Fred Prins lachte.
'Speelde de vrouwelijke intuïtie dit keer een rol?'
De Cock schudde zijn hoofd.
'Integendeel, ik ben bang, dat juist de intuïtie ontbrak. De vrouwen, die in deze affaire een rol speelden, hebben hun snelle dood niet voorvoeld... het gevaar, waarin zij verkeerden, onderschat.'
'Wat was het gevaar?'
De Cock glimlachte.
'Laten we beginnen met die avond, dat Sandra en ik na ons bezoek aan de AVRO-studio in Hilversum naar huis reden en plotseling een lifter zagen staan met iets verderop een Mercedes, waarin Sandra het lijk van een vrouw ontdekte.
'Sandra, toen nog bevreesd voor de man, openbaarde haar ontdekking eerst nadat onze lifter was uitgestapt. Toen we terugkeerden naar de vluchtstrook, was de wagen met het lijk verdwenen, maar verschenen er wel twee mensen van de Rijkspolitie, die naar een wagen met een lijk zochten.
'Wat mij onmiddellijk bezighield, was de vraag waarom onze mysterieuze lifter dat lijk had achtergelaten in een wagen, waaraan, zo ook later bleek, niets mankeerde? En een tweede vraag, daaraan gekoppeld; wie waarschuwde anoniem de Rijkspolitie, dat op de vluchtstrook een wagen met een lijk stond?
'Alles overwegend kon ik maar tot één conclusie komen; dezelfde man... onze geheimzinnige lifter... die de wagen met het lijk op de vluchtstrook had achtergelaten, wilde ook, dat die wagen met dat lijk door de politie werd gevonden... zonder evenwel zijn eigen identiteit prijs te geven.
'Maar de wagen met het lijk was van de vluchtstrook verdwenen. Iemand was het blijkbaar niet met hem eens... en had andere plannen met het lijk.
'Deze tegenstrijdigheid... deze onenigheid is de basis geweest van mijn onderzoek. Ik heb gehoopt die onenigheid te kunnen uitbuiten om tot de waarheid te komen. Dat is mij niet gelukt. Nu weten wij, dat die onenigheid eindigde met de dood van onze mysterieuze lifter... Joep, of beter Josephus Cornelis Losser.'

Sandra Verloop stak als een schoolmeisje haar vinger op.
'Ik begrijp er nog steeds niets van.'
De Cock zuchtte diep.
'Ik heb er ook lang niets van begrepen, maar de bekentenis van Alex van Waardenburg heeft mij veel, zo niet alles, duidelijk gemaakt.'
Hij pauzeerde even en nam een slok van zijn cognac.
'Om er iets van te begrijpen,' ging hij verder, 'moeten we ver in de geschiedenis terug en wel naar 24 september 1946 toen met het troepenschip de Boissevain drieduizend militairen van de zevendecemberdivisie vertrokken naar, wat toen nog ons Nederlandsch-Indië werd genoemd.
'Aan boord leerden vier jongemannen elkaar kennen... André Grubbenvorst, Petrus Johannes Terschuur, Alex van Waardenburg en Josephus Cornelis Losser. Gedurende hun gehele diensttijd in Indië bleven die vier bij elkaar. En toen in 1950 in Korea de oorlog uitbrak besloten de vier zich te melden als vrijwilliger bij het leger van de Verenigde Naties.'
De ogen van Vledder lichtten op.
'Dat is waar... André Grubbenvorst was een oud-Korea-strijder.'
De Cock knikte.
'Dat waren ze alle vier. En in Korea gebeurde er iets bijzonders. Tijdens een gezamenlijke patrouille raakten ze in een hinderlaag en werden gevangen genomen. Met veel vindingrijkheid wisten ze te ontsnappen en bereikten uiteindelijk na een barre tocht weer de eigen linies. Men had tijdens die tocht zoveel opofferingsgezindheid van elkaar ondervonden, dat zij besloten om op de rug van hun linkerhand een tatoeage te laten aanbrengen... een klauw met een bundel pijlen... als symbool... zinnebeeld van hun eendracht.'
Vledder fronste zijn wenkbrauwen.
'Zinnebeeld van eendracht,' herhaalde hij.
De Cock wees in zijn richting.
'Vanaf het moment, dat wij de tatoeage als ''een klauw met pijlen'' hadden geanalyseerd, kende ik de betekenis. Maar opnieuw... ik wist er niets mee te beginnen. Het was mij alleen duidelijk, dat er een geheimzinnige band bestond tussen de mannen die de tatoeage hadden laten aanbrengen.'
Appie Keizer reageerde ongeduldig.
'Wat gebeurde er?'
De Cock leunde in zijn fauteuil achterover.

'Na hun terugkeer uit Korea,' ging hij onverstoord verder, 'onderhielden de vier mannen nog wel contact met elkaar, maar al spoedig viel Losser af. Hij hield zich wat afzijdig. Hij had andere ideeën, andere ambities en zag op den duur met enige wrok om naar de tijd, die hij als militair had doorgebracht... bestempelde die tijd als verloren jaren. Hij nam meer en meer afstand van de anderen, die het maatschappelijk gezien veel verder brachten dan hij, maar van wie hij het levenspatroon, gedrag en opvattingen volledig afwees.
'Rijk geworden, vermaakten Grubbenvorst en Terschuur zich met allerlei vrouwtjes van lichte zeden. Aanvankelijk deed Van Waardenburg daaraan niet mee, maar dat veranderde toen Grubbenvorst, na het vertrek van diens vrouw, hem een slaapvertrek in zijn villa als dependance ter beschikking stelde.
'Alex van Waardenburg had, wat men seksueel gezien, een afwijking zou kunnen noemen. Hij werd geobsedeerd door een lange slanke hals. Hij placht de hals van de vrouw, met wie hij samen was, met zijn vingertoppen te strelen. Dat bezorgde hem een gevoel van intens geluk. Tot hij op een keer... drie jaar geleden... ongewild fel toekneep en Lucienne Wildenborch dood uit zijn sterke handen gleed.'
De Cock zweeg even. Hij keek de kring rond.
'En hier,' sprak hij ernstig, 'begint de tragedie. Alex van Waardenburg meldt de dood van Lucienne aan zijn gastheer André Grubbenvorst. Voor overleg laten ze vriend en advocaat Terschuur komen. Alle drie staan in Hilversum als respectabele lieden bekend. Ze begrijpen, dat ze zich van het lijk van de vrouw moeten ontdoen. En dan... dan denkt men terug aan de vierde man in hun verbond van eendracht... Joep Losser.
'Ze vragen de leraar Engels om naar Hilversum te komen, doen een beroep op hun oude verbond van eendracht en bieden hem tienduizend gulden als hij voor een geruisloze afvoer van het lijk zorgt.
'Losser, in financiële moeilijkheden, accepteert. Hij legt het lijk in de auto van Grubbenvorst, rijdt er mee naar een verlaten parkeerplaats, steelt daar een andere auto, legt daar het lijk in en laat de gestolen auto met het lijk op een dwarsweg achter. De politie van Hilversum doet er van alles aan om de zaak te klaren, maar geeft na maanden van vruchteloos speuren, het onderzoek op.'
'Het is goedgegaan.'
Vledder grinnikte vreugdeloos.

'Ik kan het vervolg raden... drie jaar later maakt Alex van Waardenburg opnieuw een vergissing en sterft Mareille van Luxwoude in zijn wurgende handen.'
De Cock knikte traag.
'Opnieuw laten de heren Joep Losser opdraven, doen een beroep op hun vroegere eensgezindheid en bieden hem ditmaal vijftienduizend gulden. En weer accepteert Joep Losser. Hij neemt de vijftienduizend gulden aan, laadt het lijk van Mareille in de lichtblauwe metallic Mercedes van Grubbenvorst en rijdt weg.
'Al na enkele kilometers komt hij tot inkeer. Hij heeft het gevoel, dat het verbond niet meer telt... is verjaard... en besluit het dit keer niet te doen. Hij stopt de vijftienduizend gulden in het handtasje van Mareille van Luxwoude en brengt het lijk... retour.
'De drie heren zijn ontzet. Ze praten op Joep Losser in en weten hem zover te krijgen, dat hij opnieuw met het lijk in de Mercedes wegrijdt. Maar men vertrouwt hem niet meer. Grubbenvorst en Van Waardenburg duwen de kleine Fiat Panda van Mareille snel in het groen, pakken de tweede wagen van Grubbenvorst en rijden Joep Losser ongemerkt na.
'De beide heren zien van enige afstand, dat Joep Losser de Mercedes met het lijk nabij Naarden op de vluchtstrook zet. Ze zien hoe even later een kleine kever stopt... hoe een man en een meisje uitstappen en Joep Losser een lift krijgt.'
Sandra Verloop gaf een kreet.
'O, o, zo was het.'
De Cock glimlachte om de reactie.
'André Grubbenvorst,' ging hij verder, 'wil niet, dat het lijk van Mareille in zijn Mercedes wordt gevonden. Hij stapt bij Van Waardenburg uit en rijdt zijn Mercedes naar zijn villa terug. Daar houden de drie heren een wat paniekerig beraad. Ze weten niet precies wat te doen. Maar de sluwe ex-advocaat Terschuur heeft een plan. Hij laat het lijk van Mareille in zijn zwarte Volvo leggen en rijdt daarmee, gevolgd door Van Waardenburg, naar Amsterdam en laat zijn Volvo daar met het lijk op de parkeerplaats bij het Havengebouw achter. Met Van Waardenburg rijdt hij terug naar Hilversum en instrueert zijn vrienden.
'De Mercedes gaat naar de parkeerplaats bij de AVRO-studio. Hij doet zelf aangifte van diefstal van zijn Volvo vanaf diezelfde plek en Grubbenvorst laat zijn chauffeur Simon Janszen aan het bureau Lijn-

baansgracht vertellen, dat de Mercedes in Amsterdam is gestolen. Een puzzel, die ons de nodige hoofdbrekens moest bezorgen.'
'En ons tot verkeerde conclusies bracht.'
De Cock grijnsde.
'Soms zijn onze tegenstanders intelligenter dan wij.'
'Zoals Terschuur.'
'Inderdaad. Ik ken Terschuur niet. Ik had hem in mijn lange loopbaan als rechercheur nog nooit ontmoet, maar de advocaat had een opmerkelijke loopbaan als strafpleiter achter de rug. Volgens hem mocht de recherche best weten, dat er een verbond bestond tussen de vier mannen... door die tatoeages drong hij dat verbond als het ware aan ons op. Ook mochten wij best weten, dat minstens drie van de leden de vermoorde hadden gekend... een intieme relatie met haar hadden. De recherche mocht ook best het vermoeden koesteren, dat een van de vier de dader was... maar wie? Ze hadden als frontsoldaat in het verleden wel voor hetere vuren gestaan. Als allen zich aan het plan hielden, dan zou de Amsterdamse recherche... tandenknarsend... op den duur een stukgelopen onderzoek wel moeten staken.'
Fred Prins vroeg om aandacht.
'Waarom die executie, waarvoor jij Appie Keizer en mij uit bed haalde?'
De Cock schudde zijn hoofd.
'Het was geen executie. Die had al plaatsgevonden. Het was een uitgelokte herhaling.'
Fred Prins trok een vies gezicht.
'Een uitgelokte herhaling?' vroeg hij niet begrijpend.
De Cock knikte.
'In het geniale plan van Terschuur zat een zwakke schakel... Joep Losser. Men wist niet goed wat men aan hem had. Na die affaire met het lijk van Mareille op de vluchtstrook, liet André Grubbenvorst hem zelfs door Simon Janszen schaduwen. Ook zocht men toenadering, maar Joep Losser wees elke toenadering van de hand. Dat maakte de heren in Hilversum wrevelig en onrustig. Men besefte de mogelijkheid, dat wij van de recherche de identiteit van hun vierde verbondmakker zouden kunnen achterhalen. Als bij een verhoor Joep Losser opening van zaken zou geven, dan stortte hun gehele plan ineen. Weliswaar kon de justitie Losser dan medeplichtigheid ten laste leggen, maar dat woog lang niet op tegen hun eigen belangen. Zij waren echt beducht voor openbaarheid... negatieve publici-

teit rond hun persoon en status.
'Na een lang en fel debat besloot men Joep Losser uit de weg te ruimen. Hij was voor hen te gevaarlijk geworden. Bovendien was men van mening, dat Joep Losser hun oude verbond van eensgezindheid had geschonden. Met de executie werd Alex van Waardenburg belast. Men vond dat terecht. Aan zijn gedrag waren uiteindelijk alle moeilijkheden te wijten.'
De Cock zweeg. De lange uiteenzetting had hem vermoeid. Maar Fred Prins was met het antwoord duidelijk niet tevreden.
'Wat Appie en ik in het ziekenhuis zagen, was dat een herhaling van moord?'
De Cock schonk hem een milde grijns.
'Alex van Waardenburg,' legde hij kalm uit, 'wist van Simon Janszen dat Joep Losser altijd vanuit de stad via het Centraal Station naar zijn woning in Amsterdam Noord trok. Hij wachtte hem bij de achteruitgang op en schoot hem neer. Toen ik ter plekke ontdekte wie het slachtoffer was... onze mysterieuze lifter... begreep ik het waarom van de executie... Joep Losser, hoe ook zijn aandeel in de moord op Mareille was, moest voor eeuwig zwijgen. Daarom besloot ik hem nog even in leven te houden. Het was een kunstgreep, een gok. De laatste strohalm waaraan ik mij vastklampte.
'Het toeval wilde, dat Vledder en ik bij een speurtocht in de woning van George Brisbane... een Engelsman, die onder de naam Escort Ltd. de call-girl organisatie leidde, die de beide vermoorde vrouwen had uitgezonden... Simon Janszen aantroffen en hadden gearresteerd. Vermoedelijk waren de heren in Hilversum tot dezelfde gedachte gekomen als ik, dat George Brisbane mogelijk over gegevens beschikte, die voor hen gevaarlijk konden zijn en een licht konden werpen op de moorden. Ze stuurden Simon om dat te onderzoeken.
'In een soort samenspraak tussen twee heren speelden Vledder en ik Simon Janszen bedrieglijk de informatie toe, dat de executie was mislukt... dat Joep Losser nog in leven was... opgenomen in het Zuiderkruis Ziekenhuis... en over enige uren door mij zou worden verhoord.'
Fred Prins lachte.
'Ik begrijp het. Jij liet Janszen vrij... die lichtte de heren in en Alex van Waardenburg reed naar het ziekenhuis om zijn moordwerk een keertje over te doen.'
De Cock knikte.

'Toen ik hem na zijn verhoor vertelde, dat Joep Losser al op de De Ruijterkade stierf en hij in het ziekenhuis slechts op een paar kussens en een pruik had geschoten, keek hij mij verslagen aan en zei hoofdschuddend: ''En ze hadden mij toch zo voor u gewaarschuwd''.'
Mevrouw De Cock lachte.
'Dat hebben ze ook mij gedaan. En ik ben er ook in gevlogen.'
Haar opmerking ontspande de sfeer. Het gesprek werd algemener en De Cock schonk nog eens in. Sandra Verloop kwam uit haar fauteuil omhoog en liep op de grijze speurder toe.
'Wanneer wordt die Joep Losser begraven?'
'Morgen om tien uur.'
'Waar?'
'Op de Oosterbegraafplaats... pal bij de plek, waar hij bij ons uit de auto stapte.'
'Gaat u erheen?'
'Ja.'
Sandra Verloop blikte droevig naar hem op en haar onderlip trilde.
'Mag ik met u mee?' De Cock stond op en drukte haar even tegen zich aan. 'We gaan samen.'
Mevrouw De Cock kwam uit de keuken met schalen vol lekkernijen. Vledder, door de jaren heen een vaste gast, bekeek ze kritisch.
'Dat... eh, dat is niet wat ik gewoon ben.'
Mevrouw De Cock glimlachte.
'Er waren er zoveel vanavond... ik heb maar een cateringbedrijf in de arm genomen.'
Vledder pakte een snack en proefde. 'Niet zo lekker.'
'Vleierd.'
Aan het eind van de avond wenkte De Cock de jonge politieman naar zich toe, die de stervende Losser op de De Ruijterkade had aangetroffen.
'Ben je met de auto?'
'Ja.'
'Wil je Sandra naar huis brengen?'
Mevrouw De Cock reageerde wat geschrokken.
'Zou je dat zelf niet doen?'
De Cock keek haar aan en legde teder zijn hand op haar schouder.
'Waarom? Vond jij het erg om met een politieman te trouwen?'

45

BAANTJER

De Cock en moord bij maanlicht

In Amsterdam vestigt zich, in een pand van een voormalige drukkerij, de sekte *De Zoekers van Osiris*. Niet lang daarna wordt op de Kalkmarkt een psychiater geliquideerd. De sekte en de moord lijken met elkaar te maken te hebben. Althans, rechercheur De Cock (met ceeooceekaa) en zijn assistent Vledder worden in die denkrichting geduwd. Zéér tegen de wens van De Cock in, wordt de BVD (Binnenlandse Veiligheids Dienst) bij de zaak van de psychiater betrokken. Waarom? De psychiater had ministers onder zijn patiënten...
Het wordt een ingewikkelde kwestie, die Vledder doet opmerken: 'Waarom raken wij altijd in van die bizarre zaken verwikkeld?'

De volgende boeken van Baantjer zijn bij de Fontein verschenen:

1 1963 De Cock en een strop voor Bobby
2 1965 De Cock en de wurger op zondag
3 1965 De Cock en het lijk in de kerstnacht
4 1967 De Cock en de moord op Anna Bentveld
5 1967 De Cock en het sombere naakt
6 1968 De Cock en de dode harlekijn
7 1969 De Cock en de treurende kater
8 1970 De Cock en de ontgoochelde dode
9 1971 De Cock en de zorgvuldige moordenaar
10 1972 De Cock en de romance in moord
11 1972 De Cock en de stervende wandelaar
12 1973 De Cock en het lijk aan de kerkmuur
13 1974 De Cock en de dansende dood
14 1978 De Cock en de naakte juffer
15 1979 De Cock en de broeders van de zachte dood
16 1980 De Cock en het dodelijk akkoord
17 1981 De Cock en de moord in seance
18 1982 De Cock en de moord in extase
19 1982 De Cock en de smekende dood
20 1983 De Cock en de ganzen van de dood
21 1983 De Cock en de moord op melodie
22 1984 De Cock en de dood van een clown
23 1984 De Cock en een variant op moord
24 1985 De Cock en moord op termijn
25 1985 De Cock en moord op de Bloedberg
26 1986 De Cock en de dode minnaars
27 1987 De Cock en het masker van de dood
28 1987 De Cock en het lijk op retour
29 1988 De Cock en moord in brons
30 1988 De Cock en een dodelijke dreiging
31 1989 De Cock en moord eerste klasse
32 1989 De Cock en de bloedwraak
33 1990 De Cock en moord à la carte
34 1990 De Cock en moord in beeld
35 1991 De Cock en danse macabre
36 1992 De Cock en een duivels komplot
37 1992 De Cock en de ontluisterende dood
38 1992 De Cock en het duel in de nacht
39 1993 De Cock en de dood van een profeet
40 1993 De Cock en kogels voor een bruid
41 1994 De Cock en de dode meesters
42 1994 De Cock en de sluimerende dood
43 1995 De Cock en 't wassend kwaad
44 1995 De Cock en het roodzijden nachthemd
45 1996 De Cock en moord bij maanlicht
46 1996 De Cock en de geur van rottend hout
47 1997 De Cock en een dodelijk rendez-vous
48 1997 De Cock en tranen aan de Leie
49 1998 De Cock en het lijk op drift
50 1998 De Cock en de onsterfelijke dood
51 1999 De Cock en de dood in antiek

Andere titels van Baantjer:
De dertien katten
Misdaad in het verleden
Een Amsterdamse rechercheur
Rechercheur Baantjer van bureau Warmoesstraat vertelt, deel 1 t/m 10

Verkrijgbaar bij de boekhandel